沒膝的積雪。

—葉丹詩集—

目　次　　■contents

輯一　鈍器

輯二　木屑和碎石

輯一 鈍器

裸足賦

九一年，歙縣的老城潮濕多雨。你桀驁，整日
裸足，說荒唐的舊事。你誰也不聽，誰也不愛。
只愛逃書法課去刑場，看熱鬧，跟蹤死囚，
研究他的號哭是如何順著斜坡滾下去，在太平山山腳
長成一朵血色的桃花。你暗喜：這種非典型的
潑墨法值得借鑒。為了去廢棄的火車站站臺
發呆，你曾推倒過一排整齊的籬笆和蟬鳴。
堂叔家的菜園子，從此一蹶不振，再也長不出
長生果和兩頭蛇。每逢夏天，你就躲避在祖父
藏紅薯種的地窖裏避暑，偷偷地酗酒，昏睡。
酒醒之後，就用分叉的羊毫在牆上畫猛獸，
再屠之，拖著屍體到湖堤上練習剝皮的技藝。
累了就趴在湖堤上看落日，看鬱鬱寡歡的湖水中
一條乾鹹魚如何從湖面上躍上岸，並朝你翻白眼。
那天以後，迷上了去岸邊對著湖水照鏡子
和扮鬼臉。長椅上的黃昏，乾燥且不修邊幅
你也學習老裁縫裁衣的神態，在獸皮上練習
新式的潑墨，不忘在它右上角題款：「吾乃歙縣城的
問題少年，屢登城門，踏矮了一道木製的門檻。」

2007.5.25

傍晚，花園裏有一群蝙蝠

聚攏在低空，它們合力遮蓋了花園的顏色。

之後，天空便什麼也沒了。

剩下這群模糊的哺乳動物，它們黑色的翅膀和

臉，如同去年秋天葡萄架下睡著女子的臉

被黑色的藤條遮住了半邊。

我的媽媽，她還沒從午睡中徹底地

醒來。天色卻愈發模糊了，夾雜著黑色的雲朵，

她左手緊握著一雙二十多年前的

繡花鞋，圖案和斷了的線頭，都雜亂不堪了。

她的嗓子已經唱不了刀馬旦的角，

她曾吐露，願意從夢的另一端醒過來，經過正對的

石門，進入她一九八四年以前的戲子

生活。有空就背戲詞、潤嗓子、化妝和養花。

不過那年，花園沒有現在這麼寬敞，

散落在地面的臉譜，像頭頂的蝙蝠，揮之不去。

2007.3.20

畫素描的姑娘

你這個愛在白紙上畫素描的姑娘，長得清瘦。

因病在鄉下閒居，牢記老中醫的藥方和

他的白鬍鬚有錐子的形狀：煎藥依舊不可用鐵器，

以陶砂罐為宜，車前子適合包煎，放水少許，

湯藥要在午睡前溫服，窗外的幾片疏影，你全部記得。

你冷冷地盯著外面，石榴樹就這麼無辜地空著，

只裝著幾聲雜亂的鳥鳴。「這多麼可惜，

南方的松樹林也空著，卻有水墨一般地黏稠。」

你曾於一張素描紙的背面這樣潦草地寫道。

你虛弱，呼吸起伏不平。筆尖裏悄然滲出的

一個夏天，眼睜睜地蒸發掉了。你慢慢地失了神，

在一個連續劇般的場景裏，你的面具

如薄膜一般，一層又一層，你擺脫不了它們。

沒等到全部脫完，你就要醒來，度細步，用腳步

來估算房間的尺寸。天黑以後，你會走近陡峭的梳妝檯

上的鏡子，試圖透過白淨的棉衣，重新看透自己。

你什麼也不能看見，你的眼睛光亮，閃著

異樣的光芒。你極為膽怯，擔心在薄薄的鏡面裏撞見

你的母親。如今的你，二十歲有餘，臉上竟有了

她年輕時的模樣。你啊，不可擔憂，

不可打翻祖傳的紫籐椅，疾病不日便可痊癒。

2007.10.1

鈍　器

「好像，下過一場雨。」
被紅綢蒙面的石獅，眼眶濕潤。

「我終會變回植物。」
一枚熟透的白果從枝頭剝落的聲音。

幻想就像高大的黑松擋在眼前。
你沒有妨礙任何人。

雲朵被繡在天上，細細的消亡。
你的眼神如野獸，既美好，又哀傷。

是的，盲目的熱愛，讓我們一生黑暗。
到處是隱蔽的哀傷，連瓦罐裏，也藏匿著烈火。

在大水桶裏融化，如同細鹽。
乾癟的木偶，喝營養液長大。

蘋果園中的一樁意外的死亡事件。
一個表面的解釋。

2008.11.27

聲聲慢

炎熱又漫長的夏季，指標被撥得更慢了，像是一個死刑犯，

雙腿發軟，永遠無法抵達城郊的刑場，他的恐懼裸露

無疑。你試圖用一連串繚繞的煙圈打發掉一場暴雨過後的黃昏。

依然悶熱，你不止地排汗。身體裏那片祕密的水域

被分割成許多塊失去聯繫的沼澤，面積狹小得像銅錢的方孔。

浴缸裏小魚兒正期待一場曇花，不住地往外吐水泡，

它的尾巴不再透明，呼吸中夾雜著淤泥的腥味。

外出買酒的日子是危險的，空酒瓶子患上了碎骨的毛病。

小區停車棚旁的一株表皮粗糙的大榆樹，無論

它如何地豐盈，也不能遮住夏日的贅肉，也不能阻止

夏日肺病的久治不癒。它費勁地吐出最後一片綠色，部分地

緩解你夜遊之前慣性的低燒和眩暈。「野草正在

慢慢逼近你的胸臟和崎嶇的小路，路燈的影子臥倒在

路的中央。」它提醒你。要適時地拋棄，別再枉費心機。

一陣風足以把夏天不留痕跡搬運到一隻秋蟬的尾部，

這讓你想起那一群遛進廚房的蟋蟀，它們是再也沒有機會

從你的朗誦聲中逃出來了。現在已是深秋，你開始

悔恨：曾在無數個深夜，讚美酒精，做一個孤獨的指揮官。

2007.10.19

枯水期

你外露的皮膚枯燥，窗外的薄暮使記憶加速模糊。

臥室左手旁的大衣鏡，像乾旱的稻田般裂開。

你甚至無法，從薄霧裏撥出一座瘦淺、可供呼吸的水塘。

在鏡中相逢的日子，你眼眶的潮濕是不徹底的。

在通往教母坡的交叉小徑上折返跑，你看到的將是

一片空空的堅果殼子，和一具行屍走肉。因水位偏低

而壅塞不堪的河道，無序的魚刺，混謬的木槳。

所有難以自製的景色，正經歷著一個跨度罕見的枯水期，

一排沉默寡語的杉木，枝條間稀拉拉的，不像

你烏漆的鬍鬚，變得愈加繁茂，像一枚枚黑色的釘子。

一捆緊密的黑色圓椿，安插在你下巴狹窄的口渴內。

它們是你無法洗脫的罪孽和污點。「你體內的降水，

分布不均，南多北稀。你是否記得，某個〇六年的夏天

教學樓後低矮的灌木叢中，依稀泛著海水的腥味。」

那是我們一起求雨的日子，擁有希望，像個孩子。

通過唯一的紙梯子，我們往紅色的屋頂上爬，

透過海圖室的窗簾，你窺見了一條正在萎縮的明代航線。

那是一張發皺的草圖，雜蕪，鋪著一片繁茂的海草。

即便是嫻熟的手語，也無法述說。在屋頂上摞起

一堆蘸著微毒的詞語和一隻左耳失聰的陶罐。

「忍冬藤，這般茂密，不過是蜘蛛精心編織的陰謀。」
我們愛得累了，在屋頂躺會兒，幻想自己是一條青蛇，
趁著與落日齊膝的餘熱和陶罐裏的最後一滴水
變回人類。我們身不由己，脫掉最後一層殼，為了兌換
一副嶄新的容貌，和一張半價的長途火車票，
你勸告我說：愛情，絕不是一場迅速而歡愉的遊戲。

2008.1.9

畢業照

一群先前失散在車棚後的野孩子，圍成近似的矩形。
海浪般的交談和鬼魅聲，穿著光鮮的衣殼，像
魚鱗一般落進水窪。帶黑眼圈的經常熬夜的矮個女生，
連忙收拾起照妖鏡，幾滴不透明的冬雨吸走了
她們臉上的雀斑和透明的羞恥，齊刷刷地蹲在最前排，
紛紛擠出了腰間的淤泥。一排整齊的膝蓋骨，
離地面不足十釐米，一排略低於第二排，第三排
高低起伏，站滿蔚藍色的男生。其中一名背著雙肩包，
藏著木製的手槍的，他站在最後一排的最左端。
「無休止的細雨，不要再延續了，否則彈起的霧氣，
將掩護他的憤怒的子彈，祕密的射出冰冷的槍膛。」
架子上窄肩膀的男生，臉蛋再緊湊些，女生的腳後跟，
要緊緊地貼住水面，才能拍出值得紀念的青春。
一位戴著鴨舌帽的攝影師冒雨拍攝，始終都耷拉著臉。
他的食指嫻熟地按住了這群孩子的心跳和抬頭紋。
所有的孩子都睜著眼珠子，除了最後一排最左邊的
他眯著左眼，像一位獵手正在瞄準一頭遲鈍的獵物。

2008.1.31

沒膝的積雪

桃花庵

於寒冬被掘出的陳年往事，假使年代久遠，
也不必置於地窖，與紅薯一起深藏。
重要的，並非是桃花的顏色。繞經桃花庵的河水
充滿遺憾，在廟前難以流動。它沒有過錯，
甚至保持著民國十七年同樣的舒緩。
是誰的石斧把山脊剁削得，如矢末般尖利，
依然沒能挽救一位對塵世絕望的閨秀。
她變賣嫁妝，又化緣，籌來了香爐、燭臺
和泥菩薩，打算粉飾一場亡族的噩夢。「畫師，
請勿要給牆壁上的麒麟畫上多情的眼珠，
否則它會趁著夜黑，逃往離地三釐米處的桃核。
倘若你是童子身，便可另當別論。」
落雪的冬夜，庵堂頂上纏繞著一層極薄的
霧氣和佛光，無端地投射在那段桃枝上。
花瓣從瓦縫間，順著燭光落下，投射在她
紅潤的臉上，融化並浸濕了她，從眉骨至髮梢。

2008.2.2

訪太平興國寺

涇縣的青石條，像一粒粒佛珠，串成一條連貫的小徑。

它繼承了出家人的秉性，走得愈遠，愈低沉。

經寺門前的碼頭登岸，作為後來人，你有幸讀及

一幅此般難解的畫卷，值得用一輩子去領悟：滔滔的江水，

狂奔至此，卻甘心被漁梁壩斬了腰，只剩起伏的鼻息。

江面上，有幾條漁船，就一定有幾個歙縣的

漁夫，他們內心都開闢了一片寬闊肥美的漁場。

幾隻頭頸被套住的鸕鶿，幾乎要把頭顱埋沒在水裏，

像幾枚浮動的魚標，驚動了將近爛死的水藻。

「江水呈弱酸性，水藻和螺螄只屬於夏季裏的

小魚，需要強烈的日照。」佛塔呢，區區七層，卻能把影子

倒在江面上，這不僅僅關乎純熟的技藝，它耗盡了

你的前生，被一團不休的枯草，死死地被困於此。

佛祖啊，你眼角處多餘的顏料，是否真的遮蔽了老屠夫的

厄運：他吃齋，念經，每日以向上的三十度角

敲鐘三次，鐘聲倒掛於青檀之末，溶化了他五克的孤獨。

「天下泰然，萬物齊高，施主，萬不可

再生殺念，江水遲早會刷盡你的魯莽，阿彌陀佛。」

2008.2.29

懷〇七年秋，夜遊吳越故都

從南方的版圖上，你小心地取出一座縮水的城池。
臃腫又疲憊的你，儼然一位接近垂暮的
勇士，在吳越故都，殘損的軀體裏模仿流亡。
國土和公主，都不可能是你的。刀槍入庫
比亡國更值得悲傷。你試圖盡可能多地辨別出
那曾熟悉的街衢。在一冊手繪的前朝地圖集上，
通往宮殿的路標，模糊不清，舊式的
柴扉都換作了防盜門。河道的規劃模稜兩可，
像一道高等數學的選擇題，被蹺課出遊的
文科生隨意篡改。通往皇城的半途中，
你對著故都城中央的廣場上一座南宋七層古塔
失聲地長吼，又都溶化於你照在水中的
細細倒影，比你瘦小骨骼的兩倍還要粗碩。
「老街狹窄，不可群吼，只可低吟，
十月的梧桐木，依然可以在修訂版的漢語字典中
翻找出十幾條繼續蔥蘢下去的確切理由。」
樹底下，被風撕碎的月光，無法再連續。
你從城東遊竄到城西的老城區，不消半個秋天
的夜晚。「點將臺上臨風而立的遲暮的越王，
你的戈劍在哪里。你衣袍中竄出的袖風，

能否救活我們這幾條厭世的血吸蟲和比目魚。」

公主撫住一架無弦琴的姿勢，曾被戰鼓聲

輕輕撩起。你的酒盅裏，倒不出壯士的一張彎弓，

戰爭，不過是君王擺設的一場虛榮的盛宴。

勇士們早已厭倦南征北戰的日子，卸下的頭盔

的表面上，紛紛湧出了無法根治的青苔，

它們沿襲了春秋猛獸的骨骼和不肯易主的秉性。

你說：楚河的渾濁讓你無法平靜，漢界

仍不肯南遷，雄踞於缺水的中原，遙遙數千里。

國界比夜色，更模糊，卻都有鬱鬱蔥蔥的臉。

在一個荒謬的秋天的深夜，你行囊上的

一團通靈的水霧悄悄地升騰，終又無處消散。

2008.3.20 贈小雅

島民謠

作為沒落家族的長孫，你是令人恐慌的
病。比如過期雜誌，比如廢紙簍。
比如漏氣的帆布，往往縫滿過剩的東南季風。
盤雜的家譜上難以描繪，你沿路逃亡的
曲線。剩下的夏天的日子，你住長江尾，
用無效的證件捕魚。沾滿水汽的
衣袖，挽起一片多氧沼澤帶狀的幻想。
你是個空心人，一個缺少安慰的洞。
你閉門不出，整日與神鬼為伍，彷彿是
在祠堂。徹夜長談的煙斗，裝滿土製的煙絲，
罌粟，祖宗牌，死亡和候鳥遷徙
的規律。撥開山頂上的錦旗，你能望盡湖心
一群垂著頭的野鴨子，正緩慢地
划向落日，彷彿結束了一場過激的遊戲。
「江水和族人們都誤解了，我只願獨自受苦。」
作為山寨的新任賊王，你烏髮碧眼，
喉嚨沙啞，額頭的青痣，被小魚輕輕地啄食。
那支經常出沒史書的水軍，已消失
於漫長委屈的海岸線。唯今只剩下一堆

殘鏽的盔甲。春天再次搖搖欲墜的夜晚，

膚色紅潤的是鐵匠之女，也是你狹隘的國土。

2008.4.6

逍遙亭，贈漸江（1610-1663）

像一緞白綢般的新安江，切要舒緩地流。
才能讓眾多的匆匆過客，記得更牢固。
一條罅隙的茶馬道，像一塊不算透明的劣等玉
縫在細細的腰間。江水在衝破漁梁壩的
夏夜抵達余杭。你歙縣方言的吐詞
鹽味甚濃，在烏鵲亂鳴的夜晚，依然是病句重重。

明朝的末代是個寡婦，像塊碎布嵌入
你的臉，被一六四六年，清兵的火藥吃掉。
「亡國奴的背影是單調的，人生如
白駒過隙，我願寄身於一方祖傳的歙硯，
因為那淡薄的紙墨中，自有其方圓。」
你志於山水和潑墨，日日要途經一片廢棄的採石場，
日日必讀的是一篇茫茫的江水。
江水湍急，一頁接連一頁，耗盡了你的餘生。

2008.4.10

犀牛書店紀事

計程車，賓士在南郊，像一幅漢語的巨幅暮景。
形形色色的廣告牌和鐵欄杆，關於城市
底色的異議，不過是一場非必需的日常摩擦。
連貫的街景未曾停滯，洶湧，帶著車輪
紊亂的節奏，向著西南方向的書店地帶翻滾。
你挽留暮色，只在題款處，重重地拓出了幾畝污水
處理池，它使四月十一號的南郊，無法絕塵。
多麼意外的景色，像紛至遝來的幻影。
水，一度成為漆黑的藉口，不痛不癢地詆毀你
像一種錯雜的句式。鄰座的友人謹慎地
提醒你，為何大片的本地農田，充斥著大批的外省人
耕作的身影，和比螞蟻多，比螞蟻小的煩惱。
你嘴巴上，沾著產自市區的麵包屑和朦朧派的灰紙漿。
所有的紙上應開滿梨花，一座湖水寄居於一片
花瓣，要花費幾個知更鳥的春夜和幾克不眠的蛙鳴。
「透明的茶壺裏，漂浮著沒有底牌的啞謎，
歧義，長篇小說和浸濕的臺布，都不是致命的語病。」
你在燈光中擱淺，像鯧鯿魚游進細胡同的深處。
無法轉身，吃不到古漢語腋窩處的藍藻，

水葫蘆，像位未被轉正尚處饑餓的日報實習生，

他手中攔著郊區，慌張如手中端著一碗滿滿的積水。

2008.4.19

中醫院

中醫院，駐紮著被誤讀的占卜師，江湖郎中

被讖語綁架，被迫用簡體字謄抄的祕方，在專家門診的

辦公桌上，撒網，捕幾條內分泌失調的魚。

掛號，排著山羊鬍子形狀的隊伍，愈到末端愈狹窄。

過道裏的白熾燈瞇著眼，實習護士般地袖手

旁觀。望聞，把握潮汐般的脈搏，問切。

用新式的症狀和病例卡，填充舊醫書上的

缺頁，為什麼總是少之又少。老中醫歎道：

「少吃酒，在陳叔寶自殺的枯井邊，拔九錢乾青苔

攪拌於這味藥，一日一劑。你的妻子

必在半月之內再度懷上蓮花胎，信不信由你。」

鬧市區的邊緣，雙行道擠成單行道。進出醫院的

車子配著珍禽猛獸的名號和皮毛，這

是否也是一個絕世的偏方。昂貴的，廉價的

植物被切斷，搗碎。穿白大褂的配藥師熟練地

把病情分類打包：「吃中藥，就像乘降落傘，

你無法預計，究竟會在哪部醫書的山頂上痊癒。」

2008.4.20

大衣箱

她嘗試著減速。混入緩慢的人群，彷彿暗示她已步入
中年的末端。卷尺般的日常生活，不必涉及
花腔，打擊樂和傷寒令。文革後聞名鄉里的
戲子和紅臉潤面的弱女子，面對鏡子端詳，深呼吸，潤嗓子。
她說話時愛拖著長長的唱腔，把耳環戴在蘭花指上。
穿彩衣，化淡妝，從連篇的臺詞中捕捉爛漫
的字眼和七十年代末肺活量。群樂徽是一個徽戲
戲班的舊稱，一度流連安慶府石牌、樅陽、桐城等地。
結婚前，她的舊劇照已被上座率打磨得看不清
輪廓。婚後，它被用作記載相夫教子二十載的底稿。
〇四年以來，她在離歙縣千里有餘的上海，靠雙手
教誨溫順的兒子讀書和幻想，只在每個星期六共進晚餐。
「一個戲子結束中年的總結陳詞，該選擇
什麼樣的主題和口吻，才不至於顯得過分遲暮。
臨近五十歲的週末，不適宜再去郊外。鬆開風箏的
花臉吧，請把那些散佈於郊野的紅紅綠綠的感傷
全都派遣一滴雨水郵寄給我。」她最後一個字的
吐詞顯得極為地迅速，她不願再拖澀著花旦的
尾音，像晚禮服般雍容和合乎時宜。若是慢下來，
她迫切需要潛入一場舊夢，追尋一個偏移的

少女。在半夜，她打開一件裝滿戲服的大衣箱：

褶子，龍鳳帔，雲肩，媒旦衣，如暮春梧桐一般新豔。

2008.4.27

後視鏡

後視鏡，像一件奇效的法器，濾去鄰街潮水般的
高速馬達聲，和後山獵鳥人半自動的槍響。
化學實驗室的濾紙，被弱酸讀得稀薄，濾孔的半徑
就是前年的暖冬，我寄給你的情詩的末句
那充滿慾望的表達。「那匹被郵戳圈套住的怪獸
是否依然，被栓在那些厚度不一的書脊間
喘個不停。」你是否讀懂了它摘錄在稿紙上的念白。
這與口音無關。少用些感嘆號和省略，對待
不如意的生活，少一些怒氣，多一些耐性。
你要勸誡清高的它：考慮去某某大學的自然博物館，
以進修的名義打撈學位。與各館館藏的化石，
組成新的民間團體。後視鏡的曲率半徑若再大些，
你便可與這連綿三百餘里的紅杜鵑斷絕關係，
履行一場灰朦朦的私奔計畫。從生活的一端流向
另一端。濾去的，僅僅是那件有碎花的連衣裙。

2008.5.2

瘋人聚

去一座沒有防護牆的瘋人院探病，你習得凌空倒立
的法術。用鹹味的片語詛咒，有別於杜撰
讖語，是可能速成的。請發誓：「我的鞋底甚至沒有灰塵，
朗誦完這篇探病守則之後，關於病因，請守口如瓶。
你還得在一支彩色鉛筆的裂縫處，給假設的敵人
舉行一場簡樸的鄉村葬禮。」作為漢語大字典的實習潛水夫，
你要盡可能減少在病歷卡上冒泡的頻率，推遲疾病
的爆發期。壓在資料夾底層的，是幾頁資深的春色
複印件，像一層層蛇皮，在夏天之前安然褪去，
換來你在差旅報銷單的簽字處的寥寥數字：
「夏天，埋於某種啤酒的配方之中，立字為證。」
為了清晨葉尖的甘露，試著放下過去，放棄仇恨和河流的
源頭，試著去忽略晨鐘和暮鼓的顏色，忽略滿船的
輪渡乘客，他們眼中溢出那股不屑一顧的海水。
因此，你經歷過的一片森林，是鹹的；夏天是苦澀的。
宴席上，五枚叮噹作響的啤酒瓶蓋子，仍然
不足以充當你遺忘塗在胡同牆上標語的字體
的藉口：「僅僅十片過期的失眠藥，能否抵擋住
一座城市下窬的眼斂。往地下室的黑作坊挪動一小步，
是否就能遇見明晰的陰陽地界。」最後喝五瓶，便可獲得

小小的證據：誰最有可能成為仕途中的不倒翁。

這，約等於吸收一座並不在場，卻瀕臨決堤的人工湖。

規律的尿急，總能喚醒一只只中途退場的酒杯。

酒過三巡，你眉宇愈發模糊，像運河河灘

緩衝帶上瘋長的野草，等待被下一輪的偏南季風

收割它多籽的命運。這，仍需要勸誡和耐心，

像一道被掰開的鉛筆裂縫，等待一縷紫光溫柔地滑入。

2008.5.18

中醫院觀察報告

春末，你混跡於一家中醫院附近的破舊寫字樓。
在角落觀察著，仍然沒有練習自殺的許可權。
「中醫院，像艘破舊的客輪。」這能否被評為
一個三級乙等的比喻，取決於中醫院能否被醫學院
兼併，來做臨床試驗的支撐點。來自省城
中醫學院的專科見習生，仍然算不上合格的舵手。
她愈覺失望，驚慌失措中，把謄抄醫德論文紙
幾經折疊，當作抒寫懺悔錄的前沿陣地：
「女醫師們的口紅鮮亮，臉上卻貼著教科書般的
冷煞。白大褂，潔白並且透明，後背上什麼字
也沒寫，卻被幾代的小學生精準地誤解為
救死扶傷的象徵。」救護車頂的大喇叭，響得
急促又模糊，比酒桌上的推杯換盞，往來地更加頻繁。
它，不斷從你耳根轟然駛過，像一個多年前溺水
身亡的人，他的身子骨因為蘸滿河水而變得沉重。
「死亡的，僅僅是你作為植物的那部分。」
另一部分，是由木頭拼接成的病人，他們在等待機會
乘上身體內的雲梯，用白頭翁、當歸、車前子
痛苦異常地，矯正著青春的無度。現在，
他們需要把自己徹底掏空和清理，倒出

一些有毒的渣子。「病人，都戴著貓的臉，被疾病驅趕，
躲在醫院，無非是尋找來自植物微弱的庇護。」
病床上的人，一批一批地被置換掉，像旅遊指南
年年重版。舊版的，要麼被當作廢紙，要麼
像一張死亡通知書，被年邁的父母小心翼翼地珍藏。

2008.5.2

吸塵器

共和國的夏天，像摺扇般被褶了一段，遲遲未至。

你和你，需要靜心等待，描述謎面，挖掘埋在井底的

謎底。一段堅固的景色被你目睹，它的偉大

僅僅因為它的無用。剩下的風景，隱密，鮮為人知

卻加速地倒退，像一支在水底逆向飛行的箭。

「你像一隻逆行的鳥，背對著人群的狂歡，從始至終。」

你用黑色的膠布封裝速度和保質期，算不算隱瞞。

春天的萬物保持靜止，像是在等待著被象徵，被無數的

攝影機鏡頭揭露，為的是偽造一場布滿鉛字的濃霧

和一塊能遮住下半身的遮羞布。夏天究竟在哪，究竟

從哪滑落至旁觀者的眼中，你總是羞而不答。

晚報頭條這樣描述道：「南方的大水，沖散了遷徙的

僧侶，也沖散了一條螞蟻建造的繁榮公路。」

忙碌的成年人，你剩下的生活，像一台陳舊的吸塵器。

嘗試換個姿勢，嘗試去欺騙，以一種隱疾的名義住在醫院，

例如：強迫症，恐懼症。深褐色的爭辯，談吐的

漏洞，算不算一種疾病。信號盲區，新裝修的夏天，

離玉佛寺不遠，它如一塊安靜的土黃色的橡皮泥。

被錯誤的手掌，隨意拿捏，被搖曳的紅燈區死死包圍。

共和國的女兒有公共稀疏的草叢，為何她的峽谷

是如此地寬鬆；河水又為何枯竭，露出鵝卵石。

繼承和重載。三枚一角錢的硬幣，一個共和國的痛處

繼續模糊。你撫琴十指亂彈，像一位孤傲的琴師。

生活到底該在哪，附加上遺失的休止符。你觸到

一個共和國的夏天，繼續著樹蔭綽綽，它奮力驅使著

像你一般的人們，一粒粒，盲目、不知所終的塵埃。

2008.6.7

木頭人

火已熄滅。木頭人漆黑的肺，積滿
灰燼。木紋和木射線，在火光中得以統一。

誰是毛櫸，誰又是梧桐。誰的軀幹，
藏著畫布上的魚群。誰混淆了青春的數列，扮演盜木

取火的自焚者，於一夜之間消失。甲乙
丙丁，排列成迷魂陣，阻止你。

「最後一枚春日，相距甚近，陌生人反向移遊
所以愈走愈遠。」你獨步穿越，一座凌晨的南方城市

沒有獲得不被薄暮籠罩的豁免權。
迷失和詛咒，是詩人的屬性。檀香木匣，像女人

用肉為你劈開的棺木。你戴著發霉的面具，沿著裙襬
對坐，交換毒液和冰冷、對飲，危險的遊戲。

火已熄滅。你，被冷包裹。漆黑，不是誰的過錯
請派遣一隻蚊子，暗中示意我，春日已離我而去。

2008.6.8

女術士

她單眼皮，又明媚。北走，南遷，驚動了幾個南國
的總督府。她獨身，以販賣花粉為業，暫居於一座城堡。
她改走海運，為的是邂逅膽大而溫柔的海盜王。
〇八年夏，綿長的黃梅天，阻礙了她。她眸子中的量雨器
在城堡和省城氣象臺之間，傳遞著被預測的死亡資料。
「深圳鹽田到北美西海岸的報價，趁洪澇漲了幾個點。
若繞道去趟墨西哥灣，夏天就所剩不多啦。」她時常
徘徊於夢境的海底深處，認真地對待每一個毫無
防備的死者，他們只能通過再次死亡而重返塵世。
這是唯一的途徑。「生活，本身就是一種妄想症。」
洪水再次漫過街市，然後遁去。留下的是，可能的
青苔從被浸泡過的白牆上滲透出來，它被粗俗的園丁劃分
為雜草。「它們被錯怪了麼，那麼多蜿蜒曲折的迴廊。」
通往海關總署的路標到底要用漢語，還是譯文。
城堡的門廳是徽派的，還是巴洛克式的。這些問題
一直困擾著在大雨之前，忙於搬家的螞蟻隊伍
它們為慵懶的公務員所嫉妒。少了對翅膀的蜻蜓呢，
它們能否從水霧密布的方形花園掙脫，穩當當地
立於一名垂釣者貼近水面的魚竿。釣魚的是城堡的詩人
管家，戴斗笠，著蓑衣，不解這片茫茫的煙霧。

城堡中央的大水池，是女術士隨身帶著的梳妝鏡。

它每天都變幻著形狀：矩形、菱形、圓形。鏡子中央，

囚禁著一條形態複雜的比目魚，沒人能看清它的眼。

2008.6.29

潛水夫

一座南方城堡，你這個人工湖的潛水夫。

你的漢語戒指，被斷成兩截。

陳子昂和王勃，飲完苦酒後，橫躺在湖堤上

裸身暴曬。淺灘上淤泥癱軟，像

一個身負重債的家族，被債主緊追得全身乏力。

在湖邊垂釣的，是比較文學系的教授

他又向濕潤的湖心邁出了一步，於是

就有了持續低燒的充分理由。「暴雨

不斷的夏天，熟識喬伊斯的魚，為何又瘦又少。」

一座渾濁的英文形狀的湖面，正侵蝕著

不斷萎縮的漢語沙灘。一隻啞鳥

無意間劃破了它，略帶驚色的眼神。

「是漢語它失去起碼的魅力了麼。」它甚至

無法庇佑和預言。也沒能從幾代的

優秀打字員中，遴選出技藝超群的銀匠。

它不得不如潛水夫般重歸湖底，遠離眾人咒罵。

「抵達，談何容易。必須洞穿我的手掌，

中正，不偏不倚。」不用直尺和圓規，也勿須請教祖沖之。

看守量雨器的女術士，讀破了一切數字謊言。

她木製的指紋是平行的。她的沉默，是完整的。

一個雲系複雜的下午，不能被解釋。

她似乎有些遲疑：「我未來的寵物是隻波斯貓，

還是隻北歐草狗。」凝重的天空，沒有更高的目標。

暴雨將至。灰塵，預示著一種刺眼的唐突。

你獨自通往湖底的道路必將狹窄，倘若寂寞，

可與那些吃透了漢語土壤的蚯蚓們共進晚餐。

2008.6.30

變聲期

低矮的出租屋，一行緊挨著一行，彷彿是陪襯
晚霞的字幕，請大嗓門的知了兄弟通讀
一遍吧。檢查柳枝上是否存在赤裸裸的語法錯誤。
「不該，悔不該。」這個夏天，你常常自責：
獨居底樓的臥室，聽迂迴的越劇，踏馬步
都是危險的。要試著停止奔跑，試著去理解
窗外一座簡陋的門衛亭，一小步也不曾偏移。
它夜以繼日地孤立著，消耗自己，僅僅是賭氣麼。
時間弛緩，掛鐘的錶盤濃稠，指針停滯。
一個上午，等於兩集言情劇，整點新聞不過
是劇情的佐料，它不可能永遠獨自悲傷。
你嗅到了物價的漲幅和達爾富爾新近的戰亂。
一個下午，卻近似等於一頓迷離的午睡
和三集國產諜戰片。其間，去菜場是必須的。
「舊單車，經常半途掉鏈子，也是必須的麼。」
梧桐木與你劃清界限，戴上油漆般的髮套。
戴眼鏡的貓頭鷹教授，免費傳授你熬夜的基本功。
他一直將你視作某種水果。「為了桃和李，
掛滿天下所有的喬木。」誰料想你這個沒影子
的人，一門心思盤算著結束一場心力交瘁的

遊戲。愛情，像一隻舊鳥籠，空蕩蕩的，
它也有同白雲一樣無法自拔的悲傷。「距離
是放棄的唯一緣故麼。」「其實是，另有
隱情。」記事簿兼管了支出帳目，向後翻了
六個頁碼，共和國就少了六座潔淨的瀑布，
像六錠白銀。你正處於變聲期，嶄新生活的
筆劃落該在何處，哪裏演繹著三角形
共通的命運。小城的馬戲團，連夜離開城市，
它將帶走票販們，失落的眼神。過期
雜誌，棕繃床，口渴的收音機，駱駝牌電扇。
「你所提及的舊標籤，全是生活的贗品。」

2008.7.1

漫遊圖略

K2239次列車，一副多米諾骨牌，推倒南方山區

寂靜的夜。汽笛響得急促，像是在逃避

新一輪的酷熱。可是被高溫籠罩的，又何止

蘇皖贛三省。群山模糊不清，是丘陵地帶的天然省界。

「這種極簡主義的構圖，是論據不足的。」

隧道深長，連著炎熱的省會和早稻絕收的小鎮。

大地對男人的一次懲罰，正在田野裏祕密地進行。

書包，全部的信札，口吃的帆布鞋，礦泉水，

待業青年。你獨自旅行，對照地圖，數車站。

「她於夏日消失，必將帶走唯一一座繁密的庭院。」

鐵路沿線所經的河流，肆意捲曲。它們有著

難以想像的羞澀。汛期早早地結束，鰻鱺群

只有通過花園地下的暗渠，才能返回多餌的熱帶。

暗黃色的車廂座椅；朱紅色的，是車廂的地面，

滿是油漬。停靠小站意味著短暫的悶熱，濕毛巾

代替你呼吸，似乎又是貧窮的象徵。滿車廂的江西人

混著幾個黟縣佬，他們趕往景德鎮批發廉價的

瓷器，用來裝飾皖南人若即若離的復興的鏡子。

事實上，餘熱未消，像麻痹後仍有輕微的陣痛。

旅客們大聲的聊天，微胖的乘務員潑出底氣不足的

吆喝：「正宗南昌炒粉，五元一份。」你挨著窗坐，
身著短褲，一人霸佔著三人的寂寞，不想說話。
風，海水般洶湧。背道而馳的是公路，更孤獨的人群。
路燈下，不明的中國南方村莊的屋頂，空空蕩蕩。
徹夜不息的，只有紡織工廠，請解析這幅通透的壁畫。
要保持清醒，這是你與共和國分擔虛榮和動盪的唯一方式。
你的腳尖，三成新，手臂大約七成新。鐵軌擊打出
規律的節拍。中年人的行囊，四處流竄，彷彿你。
「趁機讀一讀自己走過的路，夜路漫漫，你剛起程。」

2008.8.5

鄉村教師

你與病亡的枝條，於夏末傘菌般的梧桐樹冠重逢。
易腐的夏日不復存在，白槐花期紊亂，慢慢
枯舊。「夏天的輕浮，才是婚姻廢墟的唯一源頭。」
樹蔭單薄且平整，像被新式電熨斗燙過一般。
灌木叢瘋長至虛脫，如被蛀的犬齒，迫近幹道。
你的沉鬱可遷怒於園丁，他們的假期漫長，不像
全能的魯班先生，親自為你上山取料，裁鋸
房中那架需要更換音條的木琴。它的音低沉，
且偏愛抱著你哭。所以入夏以來，你每日虛汗全身。
你選擇用鄉村教師的身份作掩護，英文教科書
印著書面版的問候語，從教室的各方向包抄你。
「要注意發音的口形。」要對疊如稻草堆的作業薄
習以為常。小學生的字跡難免扭扭歪歪，他們
沒有足夠的信心，在阻擊共和國宋體的保衛戰中
且戰且退。鄉村小學的淨土，也所剩不多了。
操場一角的尖尖木桿上，國旗夾著不少霉斑。
「少先隊大隊長，你用紅領巾擦拭一番，這旗子
還頂半年用。」你以廣播員的口吻寫評語，
批改作業至深夜，被燈光折彎的鐘擺指向你，
它在窗外為你布置了一場薄暮，你卻不能

用虛弱的臺燈觸摸到那排仍在等待被解開的扣子。

你為此發愁，「整個寨子，儼然一個生鏽的

手電筒。」你是最後一盞燈，這個黔東南的小寨子

簡直是某位礦工家長的臉。禮拜一至禮拜五，

從潔淨的出租屋至教室，是微微傾斜的

兩段圍牆，建於七十年代末，其間遭遇一次雷擊。

沿途還有笨拙的口音、氣象預報，及小小的景色：

雲朵間露出淡藍，天空儼然一塊整潔的破布。

它卻能在夜晚裝下漫天星辰，不計其數的

石斑魚、河鰻、青條魚，濺起一條狂歡的小河。

它溶解你遠離縣城的週末，吃食的口形和流線型

的身體。回到出租屋，作為新房客，月租金

約等於浴室面積的十倍。你常犯暈，多愁，

耿直，愛在備課紙上做魚鱗標本；你偶爾整理舊物什，

打算翻字典溫習歇後語，內頁夾著一封舊信：

「那一年，你總用疼痛的腳尖立於窗口，期待著

郵遞員。他發瘋似的，重複帶給你一個沉默的位址。」

2008.9.2

夜盲症

一張失眠的城市地圖，鏽斑

蔓延，殃及毗鄰一座口吃的工業小鎮。

你被情感建築的邊角料絆倒。

在為民食品廠的出口，垃圾分揀站

正利索地吞吐變質的口水。

共和國像一隻木盒子，月餅般層層地被

包裝。異鄉人，你要熟讀幾卷

杜工部，要踏破幾層高臺

才能品嘗到它冰冷的餡。不能原諒的

包括一排被杜撰且模糊工廠地址。

你依舊虛弱，遵從醫囑，堅持閱讀和筆記

放棄在紙上滑翔，杜絕空想，不給紙張餵過量的

防腐劑。「要麼，讓日復一日的消極

蒸發掉，你心底那片僅剩的湖澤。」要麼，你

舉起多齒的鐮刀，一畝畝割掉，內心

不屈的稻荏。你渴望準點睡去，

又準點醒來，好去排練陌生的職業生涯。

單人間，書桌，潔淨的床單，你頻繁地更換

睡姿，像一位被迫遷居的新島民。

公路上，仍有熬夜的馬達喘出顆粒物，像

一條南方溪流。你恣意遊蕩，彷彿動物園中
肌肉鬆垮的老虎，唯有你能理解它
站姿的寓意。盛夏草草結束，捲走一群逮蟋蟀的
外省人，白日裏蹲在臺階上盤算、講價
為晚餐鋪設賭局。「那些蟲子吐出萬木，身體更
消瘦，甚至擠不出一頓可食用的晚霞。」
你哼幾段素歌，音量漸低，假裝鎮定，抵禦
黎明前的焦慮。鏡子漸明，裏面是一排無盡的灰色
屋頂，對面是家獸醫院。你每日清晨經過
那兒，門口無一例外地擠滿了神色慌張的人。

2008.9.9

騎車經過肺科醫院

即將與夏天告別。偏南風，鋒利得像
鋸子。你經過肺科醫院，穿灰白條紋的病人

臉上刮起一陣風。你目睹
這一瞬間，算不算死亡的誘惑。

游泳池寂寞，湖畔寂寞，墓畔寂寞
後花園的晚鐘寂寞，疊加後仍不足三釐米。

「我不能有所隱瞞」。患肺結核的雲朵
咳咳停停，吞出一場徒勞的陣雨。

飲料廠大門緊閉，旁邊站著一堆躲雨的人。
辯論，以門線為界，廠房是反方的證物。

雨是暫時的事物，你按照原路返回去
別再爭辯什麼，答案總是少於

問題本身。比如：去年此時的這畝湖水
大約幾成新，是否也薄得見底。

2008.9.14

盤山公路

你模仿稻草人，最後一篇旅行筆記。

「愛情，甚至比旅途更遙遠。」

你是個離題的病人，盲目地

練習失蹤、失控。林莽叢生的外省沒有

隔離帶和童話語境。好像是它們，構成了沿途風景：

被複製的病態的翠綠，易碎的是

河面，飄浮著皺巴巴的白雲

都是河魚吃剩的。蘆葦光著身子抽搐，

一個國家的農民也赤膊，卻只允許部分的河床

裸露在外。煞白如水鬼的鵝卵石。縣道

破舊不堪，彷彿是第三世界的帽沿。

灰塵和引擎聲被揚起，省際大貨車

不住喘息。它的經驗告訴你，繼續往西，你

遇見的必是一座更高海拔的盛夏

和如星辰般散佈的被染黑的黔東南

寨子，它安靜得像一家地下診所。

沒有風，願意替你碾碎薄薄的雲層，

你徒步西行的計畫，被外省的重酸雨打濕，

它拖累你。夏日的河水因此陡漲，逼迫

你。半路攔車，卡車司機的絡腮鬍像片枯燥的

青苔。車輛緩慢駛入盤山公路，

並在減速帶上為你布置了稀疏的青草。

「山頂上草籽稀少，好在終年濃霧不散。」

為了愛情，你這般委婉得靠近她

又遭婉拒。河水再度枯萎之後，沒有什麼

絕情是不可原諒的。其實，你

不能拯救更多的稻草人。寫到此處，你方然醒悟：

「○八年仲夏，西行，求舊愛，未有果。」

2008.9.21

抵情書

乘上失重的電梯，你重返廣場稀疏的傍晚。

午後，一部割草機駛出平整的綠地。

一陣淡薄的草香，選擇殘留在你鼻子的高度。

暮色微明，謹慎得像個逃犯。秋日

習慣性陰沉，一隻低空飛行的風箏被捲進雲層，

像是躲避你。沒有一位設想中的郵遞員

站在廣場的邊緣用青春期過剩的想像力等你。

你心緒低落，更接近於無期囚徒的晚年。

「是的。夏天已經過去，漿果都有了抬頭紋。

是的，愛你太遲，我也無法隱瞞什麼。」

草地中央，一隻盛夏以來為讖語所威脅

而始終未敢吐露的瘦麻雀，仍垂著頭，啄食你

黑暗的身世，草坪上散落著不潔的草籽

爾後，它打開速度的閥門，飛向廣場的另一端：

梧桐脫盡葉子，像支起的一架木梯，仍不能

連通雲端的牧場，那兒四周是漢字砌的

危牆。暗紅的標語如下：「沒了合格的鮮奶，

你被小胃口的生活削得，像個楔形文字。」

走近草坪，答應來取快遞的新式郵差遲遲未至。

你手心，冒著虛汗。一封舊情書，你獨自

跋涉其中，多少年。你濫用它虛構女人，

一切最終都會得到原諒，像刑滿釋放的幼子。

綠色的郵差，以遲到的方式取走雙份的孤獨。

它們分居，有龐大的體積，卻沒有影子。

「好像，起霧了。」一個發霉的聲音，來自

一張發黃的底片，它洗出過鮮豔的週末：

你鏡中的睡姿，曾被視作一幅比例失衡的素描。

路標在夜色中慢慢融化，一座夜盲的城市。

它習慣沉默，像重病的鄉下女人，忍痛不語。

草木皆病，臉色泛黃，像亞細亞僅剩的饑民。

它們正等待著，第二代皖籍和川籍的民工

拆毀體內的違章建築、私接線路和排污管道。

廣場上倒數第二個離去的是一位女環衛工，

又一陣風吹過，在她的臉上泛起一道道漩渦，

你沒弄明白：誰掩護著一排排高大的柏樹

陸續退到近郊的湖畔，噴釋有毒的煙霧。

你逆著西風步行，遇見過一片黑壓壓的人群

正圍繞著湖堤，舉行著一場懷舊音樂會。

「慾望太多，而水底的氧氣也難免稀薄。」

你聲音裏的男孩，虛弱的讓人懷疑他的存在。

是的，你要教會他盡力去平衡不對稱的生活。

2008.10.24

燈籠蛇

被大片霧靄鎖死的南方週末的秋日，像一面
停擺的機械鐘。送奶工拖著一車子玻璃奶瓶
把晨光引進小區。你疲勞、偶爾虛脫的病症
也將慢慢好轉直至痊癒，但必須要等到秋末，
等到公寓重新長出悲傷的蘑菇。從夢中驚醒，
你透過床單上星辰般的小窟窿，相星師般地
推算：與你對弈的守夜人只剩一刻鐘的間隙，
他必須獨自划船去近海的礁石重新點燃燈塔，
指引在夢中那群在海難中掙扎的水手。鏡中，
你窺見的只可能是一張側畫像，而不是別的，
比如：窗外是霧濛濛一片。一隻天鵝將黑的
脖頸縮在樟樹的裙底；小區的郵差進進出出，
找不到一個隱喻的詳細地址。「星期天清晨
乘早班地鐵穿梭過城市的人必定獲得幸福。」
你如往常，逛老城區的舊書市。你走得匆忙，
遺忘了行李包中熟睡的地圖。一座徹夜不安
的城市，像病中的前女友仍需要探照燈和你
不間斷地安慰。車廂內女郎的綠松石耳環上，
懸掛著幾個男人的夜晚。她耳鬢的青絲垂落，
沾著被遺棄的愛。是的，更多的人死於心碎；

是的，閱讀女人比閱讀一頁琴譜更容易迷失。
你需要新版的地圖才能搜索到下地鐵的網格。
霧氣正在擴散，你轉身過去：地鐵彷彿一條
燈籠蛇，迅速地鑽入地下。像是去尋找一把
萬能鑰匙，它能打開裸露的虛無和情慾之門。

2008.11.2

安全出口

潮水退去一大截，帶走了斜堤上的
水葫蘆。它們仿效你分裂，
繁殖，舉著乾癟的花朵，停停，走走。
沒有漁船，更沒有暮歌的碼頭：
一個沒有行李的旅人，錯過了末班渡船。
江風急迫，先前停泊候潮的貨輪
只留下稀薄但仍可辨的腥味。
防霧燈，不遠也不近，與你保持合適的距離。
藏在你白色底、黑色燈芯絨蓋面的
單鞋中的長明燈，獲得窺視燈芯的機會。
短途旅行，途經的生僻地名只是
遊蕩日記的逗號。廉價的私人旅館，
床單煞白，像剛剛從江底取出的卵石。
它被洗得透薄，暫且沒有漏洞。
女老闆人近中年，漫不經心地織著毛線
玩具。即溶咖啡的奶香和樓下的外文歌曲
如囚籠中的鳥鳴般，晦澀難懂。
一個定居在琴弦盡頭的魔鬼，模仿盧梭的口吻
懺悔，卻反覆提及一條外省的河流。
「它接納了幾十條細小的溪水，才流至此。」

一座懷孕的花園，有幾個祕密的
安全出口，就有幾樁隱密民間情事。
她的提琴家丈夫，對此全然不知。
他冒雨剪斷了一段成年的樹枝，修他的提琴。
「一陣叮叮噹噹的，全是魔鬼的心跳。」
大雨和音樂同時停止，夜迅速地吞掉一切，
唯有江水日夜不息，奔向不遠處的出海口。

2008.11.13

無聲電影

遠眺：朝西的黃昏，與你一面玻璃之隔的天空

尚未完全黑暗。聲音比聲音，更緊密，

遇到玻璃滑下來，彷彿落葉般堆積在窗外。

影子像一張新剝的獸皮，被釘在外牆上。

一塊藍色的碎花窗簾像房屋的圍巾，被一陣風掀動。

一個女孩將臉部裹緊，只露出黑色的眼睛。

她沒有橫穿廣場的意思，彷彿是故意

避開人群的視線。一個象形文字般的雁陣

隱藏在秋天的末端，試圖挽救一場無法自拔的

黃昏。一群麻雀站在最高的避雷導線上，

只是站著，只等一場太平洋上的颶風捲走它們

不斷重臨的噩夢。你終於承認：失去聲音，

你的判斷失效。從三樓，你望見巴士的白色車頂

正在快速地平行移動。秋天廣場的角落

被聚攏的落葉，黃的像一堆帶著鋒芒的麥穗。

曲折的小徑上沒有行人，你昨天的影子

擱淺其中，僵硬，橫亙在灌木叢間，無法動彈。

「恐懼，像一片暗色的灌木叢。」你習慣

通過暮色灰暗的程度，估測時間。「玻璃有尖銳的

冰涼的鼻尖，遭愛遺棄的人，靠回憶取暖。」

屋子裏，一圈光暈時刻懸浮於你的頭頂上方，

它不停顫動，彷彿帕金森氏症患者的手。

衣架上的連帽衫被雨淋濕，當時你摟著她，

咖啡已經冷卻，你擠不出更寬的間隙想念她。

一隻蜘蛛在蛛網上練習蹦極，彈盡了

所有的露水。「夜色和蛛網是編織在一起的。」

你轉身坐回木椅，著手備戰一場自我的博弈。

2008.11.24

傷口

一捆懸空的霧，彷彿大至無形的鳥籠。

清晨，環繞公園的塑膠跑道上，空空如也。

「如果你不能理解它，不如請它

將你吞沒。」你是被生活的漏斗過濾掉的人，

在霧裏行走，小心翼翼，像跳格子的

女孩。「從霧到霧，你是共和國多愁的傷口。」

你的傷口有模糊的痕跡，像一椿謀殺案的

現場。它們的形狀各異，病得毫無根據。

但被濃霧所灼傷的某個，面積確是最大。

你需要同陌生的男子，保持恰當的敵意。

「試著向中年預支水分和離別的場景，

試著去理解在霧中撞見的一排不直的杉木，

那是晨練老人的脊骨，那是被粉飾的眼角紋。」

久病初癒的女孩，發燙的前額和後背

凝結著枯燥的鹽粒，和細若髮絲的蟲鳴。

你曾是梳羊角辮的少女，有焦慮的線條，

「她健康、美好，在混雜的人群中楚楚動人。

僅僅因為懂她憂愁的男人尚未出生。」

你把一棵水杉夾在指間，像支女式的

捲煙，既細又長。孤立的煙盒獲得火的支援。

「深淵般的憂愁只有不斷地對折，才可能
被測量。」迷霧口含著紅綠燈和盲目的
郊區，像你的愛吃糖的小外甥。「你在等海水，
重新漫過你白皙的腳踝。」一個聲音，
敲開你的耳朵和感應燈，點燃了樓裏的病人。
一個戴銀色手鐲的人，替你抵達了傷口的核心。

2008.11.30

懷念

窗外的梧桐，剩下幾片燒焦的葉子。

新買的水仙像大蒜，和書籍、果皮一樣皺縮。

「她以前聲音的影子，有白色的外殼。

可惜她不在這裏，她在過去。」

狹窄的房間，檯燈、木床、沙發，

一隻沒水的杯子，像一卷明亮的白紙。

地圖縮小，你感覺共和國空乏的胃。

「笨拙的冬天，流得緩慢的又何止是水。」

手背癢癢的，那是經稀釋的溫暖。

一封被重讀的信件，透出南方

薄而透明的冷。你被她的離去捆住了手腳。

螞蟻似的焦慮，冷熱不均，你綠色的

想像力雜質般積累在時間的濾紙上。

你感到內心，彷彿一片泥濘的

沼澤地。它阻隔著你們，它是你的黑暗。

2008.11.30

迴遊

返程車票，像一張有償的失物認領通知單。
日期，終點站，票額，車次，座位號。
它是醫治你思鄉病的藥瓶標籤，它引導你
如何把濃稠的鄉愁搖勻，防止內心深處
擁擠的列車失去重心。「城市，像一具
碩大的屍體，卻只在少數人身上腐爛。」
你是個不合格的證人，第一時間逃離死亡
的現場，搭載在平行且蜿蜒的鐵軌上方。
濃重的口音，刺青般標榜著你的出生地。

你的姓氏聚居區：門柱上貼著一副春聯的
祠堂的中央，擺著一副尚未塗漆的棺木。
你錯過了他的暮年，一個由群鳥編成的每個
村寨冬日。在鏡中，你陡增的白髮捆不住
在鏡中飄浮的白雲和鳥鳴。群山環繞，像
黑色的馬群，不分晝黑、不惜日月地奔跑。
山頂上高低的喬木，像換毛時期的鬃鬚，
它堅硬如繡花邊的針，刺向戲子的虛無之海。
共和國半裸的河床上，野草有無法掩飾的

蒼茫。河水中消瘦的刀片魚群，消瘦的靈魂
互相窺視，獲得安慰。「所有無效的鰭印
都會被碾碎，一如所有的孤兒一般的理想。」
沒有淤泥，你便無法留下洄游的可靠證據。
萌芽正在枯萎，你無力帶來足夠多的水分。
甚至，影子也是枯瘦的，它的不塌落的灰燼。
「在雲端，孤獨的人重新舉行包紮傷口的
儀式。」你捂著化膿的傷口，是唯一可恥的人。
一個多霧清晨，你維續著連日的，鬱鬱寡歡。

2009.2.5

紀夏書

盛夏蜿蜒的公路，像一條不可抗拒的蛇。
洶湧的揚塵沖出綠化帶，鋪向更遠處。
水不僅於傍晚滴落，它融化群山，變為洪水。
它的堅硬的部分仍然保存在布著血絲的
眼眶中。你想告訴她：你在傾聽別處的
雨聲，傾聽那些溶解在稻田裏的粗鹽。
在無名小鎮，你用數字兌換到一串忙音。
一隻溫度的豹子緊追不捨，毗鄰的兩個省。

要用不易消化的食物抵消饑餓，如同午睡
能抵消午夜的溫度計。「用異地相隔抵消
愛，抵消剩餘的激情。」情侶之間內容重複的
交談，好像所有的漿果掛在同一根果枝上。
在暴熱的南昌，你遇見一位垂釣的老人。
他面白，獨自乾燥，終日不沾一滴湖水。
他的魚竿能辨晨暮，辨出每條魚的呼吸。
你與老人面湖交談，交換深淺各異的足印。

直至渾濁的江水，溶化掉最後半枚落日。
少數的旅途後面，緊追著的是另一輛中巴車。

更多數的旅途，你甚至比死者都沉默。
身陷於灰暗的建築，一場舞者缺席的舞蹈。
季節屬性：不安。彷彿一支缺少指揮的
樂團，在幾行五線譜上小心地爬上爬下。
你決定停止：日夜守著那位掌管音符的暴君，
守著他的耳中藏著的那把無弦的提琴。

2009.2.10

水棺

你日日途經蘇州河，兩岸的河堤比你更高。
「它，日夜崩潰著。」譬喻像一扇敞開著的門。
水棺正在失去喻義。一切都可以摧毀你。
孤獨的人暫時無法組成新的群族，直到遇見
同行的螞蟻。滿載孤獨的汽車繞道駛過
橋的頂端，然後輕浮地滑向東面緩慢的人流。
你在生活中常常誤點，鑰匙在工作日程表上
拔不出來。高分貝控制下，共和國的城市像
一具具棺材。佈置墓穴的是可能的妻子。

你在黑暗的理性的軌道上騎行，繞不開南方
不息的雨水濺起的水霧。這迷霧中唯一的
流浪者，耳朵裏充滿由雨滴擴散形成的同心圓。
每個騎車的人像鐵鏈的一環，帶動著棺木
奔跑，奔向腎虛，奔向到處的性用品商店。
藥效過後，它更加虛弱。焦慮在交換中複製。
「忙碌和麵包，按理是悲傷的，演習的人
除外。」渾濁的午後昏然入睡，醒來又濕潤。
你腹中饑餓，可你生產的糧食總是難以消化。

遠處河上的渡輪的馬達聲，同樣由於悲傷，
無力傳到這裏。你搗碎了一封未完成的信
和一截兒女情。你聽不見她的被湮沒的病痛。
重建的廣場上是過去的紀念碑和新造的垃圾。
找不到命運出口的人，垂頭喪氣，他將臉
攤在手上。在薄暮的掩護下，斑馬線將行人紮緊。
「安全是短暫的，傷口比昨天深兩倍有餘。」
每個路口仍正上演著死亡的遊戲，它帶來圍觀。
汽車碾過，在一個女人身上打開了新的缺口。

死亡不停地工作，靜悄悄的回收那些微弱的光。
「你死去的那個夜晚，我們握緊手中的傘。
從你髮絲末端溢出的恐懼，黃的像垂死的燭光。」
傘是黑色的。海也是黑色的，它仍在縮小，
海灘拱起背脊，像你的祖母，堅忍但自然。
傘架之下，帶火星的煙蒂燃燒得多少有些猶豫。
命運的轉椅在圓形的護佑下旋轉，向同一方向
洗滌圍觀者的命運。水窪由淺入深，蔓延向
海。漂流瓶被潮汐推向細小支流的內陸深處。

影子比夜色模糊，你在陰影裏成為紙般輕薄的
巨人。被共和國流放在一艘沉船的破舊甲板上。
你站在白色的邊緣，海的浮凳上。捕魚的人

全都死在那裏，和死於山坳的砍柴人一般安詳。
「你離我越遠，越深入我的內心。」你和水手
都只能看見過去：無邊無際的女人，臨睡之前
面對木鏡梳理髮髻。貓竄上屋頂，將嬰孩的哭啼
繡球般拋來拋去。暗夜，瘋狂不止，風被風擠碎。
「風是無法更向的，如同黑夜的邊界永不破碎。」

2009.3.11

登島

入海口。水於此處打開陸地的拉鏈,湧向深處。
沙逐年積厚,返回島國的人逐年稀少,像河口
的餌料。「海像一隻大碗,裝滿漆黑的恐懼。」
「不,海是地球的潰瘍,我們被愛,被污染。」
水渾濁且深沉,一如鏡中平靜天空中翻滾的雲。
你們站在碼頭的最高處,在眼中肆意揮霍海水,
揮霍愛。船期表的改變幫你贏得了片刻的時間
抵禦一陣侵入體內的風,你得以修復那些遺落
在海上的信件和身份。做為個陌生人,你目睹
一場海戰的殘局,但勿須烘乾那些死亡的細節。
共和國的海水猛烈拍打亂石砌成的堤壩,激起
一層白色水沫,迅速溶解在低空海面的空氣中。
幾隻海鳥劃過你身旁,淡藍的火種卻從未現身。
你伸手試圖去抓一個魔影,卻撕下了一縷長髮。
你的目的地是一座島嶼,一塊亞歐大陸的浮板。
一張慢船票也能賜予你暫時的島民身份。船像
枚扣子,只有它能解開亞歐大陸的緊鎖的孤獨。
陽光直射在她的臉上。「我們是兩隻逃亡的鳥,
正在追尋著逃亡的理由。」「不,你是落伍的
魚,我在源頭等你。」航程中,她站在裝滿風

的視窗，窺見了水妖藏起的白色的翅膀。她的
目光一度失去方向，被一層霧籠罩。它逼近了。
小島像海面上的一條線，愈來愈粗，直到變成
陸地。岩石像條船，擱淺在沙灘上。等到汛期，
它們會重新被海水淹沒。沙灘是紙，漆船的人
在那裏謄抄一部船舶的斷代史。島則是座封閉
的花園。被遺棄，叮噹作響，大部分房屋低矮
錯亂，光裸的屋脊伸向天空。島上的口音，像
絕緣體；他們步履緩慢，比死者的腳步還緩慢。
在海邊，登船而至的後代們選擇在晴朗的日子
將其祖墳遷離海邊。那裏的土是重鹽的，他們
的皮膚緊皺。「每段記憶都是一個精緻的陷阱。」
春日河口三角洲靜謐。徒步者的腳步一直甦醒，
直到遇見黃昏搏鬥的痕跡和返程船票。「毛毛，
關於未來，我感到了恰如其分的悲觀和絕望。」

2009.5.6 贈劉林溪

紅領巾公園

一段修葺一新的不透明圍牆，高矮合適。
少數地方是鐵欄杆，繫著相似的紅領巾。

又是一年夏天，光線明烈，你無事閒蕩。
於茂密的草地上找回你自己，多麼寬慰。

鳥鳴，像早熟的漿果，從樹頂突然滑落。
綠色是衛生的，以它獨有的野心和速度

包抄著頭頂的花蕾。揚聲器打開磁帶的
嗓子，分散了你的注意力。你總是不能

愛得過多，要學會捨棄，和部分人斷絕
聯繫。一段被踩踏的往事，等待被修復。

你撿起一些瓷器碎片，拼湊成一個女人。
一隻疲憊的新風箏，躺在木製的長椅上。

它被一枚卵石綁架，成為卵石的一部分。
小女孩低著頭不說話，將翅膀塞還父親。

時間把她變成你。夏至以前，你似乎被
感動，面將湖水，祈求一份對等的回音。

2009.5.7

夜遊葉家花園

夜愈深。溫度乘著降落傘，平緩地墜落。
胸前一陣冰涼，像目睹一場被害的儀式。

你在沒有你的公園遊蕩，以死亡的方式
活著。出口緊閉著，像你暫時性的失明。

一股不可救藥的氣息，混淆在灌木叢中。
一群人沒有把握，向你靠近，後又遠離。

他們攜帶著海水糜爛的味道。你不確信。
他們躲藏在藍色的筆記本，剩下的那篇

殘損的航海日誌，能否算預留的墓誌銘：
「一艘沉到海底的船，定在冷靜的夜晚

彈回海面，彷彿蹦極，彷彿火山噴發。」
水手帶著簡單的行李，站在你的門口。

你因此，返回物質的出租屋，返回黑暗。
「走得再遠的人，也要返回一枚繭子。」

夜在不斷縮骨，僅剩下一扇通明的窗戶。
窗外是僵硬的風景，一座沒有風的春天。

貓的嘶叫像錐子，無法在你耳蝸中站直。
水手的腳步聲是圓的，以任何角度流行。

屋內陰暗，地板返潮，捲曲如一片白紙。
你無端追憶，可是無法抵達的地方太多。

像你默默地承受死亡的厄運，像你處變
不驚，彷彿平息了一場曠日持久的騷亂。

2009.5.11

關於旅行的敘述

生活彷彿是虛構的，荒謬得像部難以卒讀
的無字天書。要耐著性子一頁頁地翻過去，
直到遇到醫生簽字的封底，被迫交出指紋。
「連續的小悲哀被垂直堆累著，與地底下
死去的同伴並行。幸好我們沒有大的悲哀。」
你妄想逃避它的字眼，它卻不斷重複自身。
你期待的不過是鏈條斷裂，在脫節的間隔
鬆綁：大部分人是生活的受害者，被虐待。
「到處是閉的門，無法出逃。」一個聲音
正在挨餓。生活，不過是把被別人弄皺的
紙一次次撫平，如同一段情史被複述多遍
而變得乏味。「生活，是一種靜止的哀悼。」
放棄定義吧，不如撕破春天的邊界。整個
春季讓人失望，你仍沒有收到愛情的暗示。
太多的理由掩護你從共和國東部的版圖上
連夜撤退。一種驚奇和疲憊，像月光崩潰，
積攢不起來。小旅館藏著不能解釋的寂靜，
如同背光的窗外，濃密的黑暗像一團火藥。
像是在等待一名持火的路人，他矜持不前。
夏日清晨的鳥鳴鋪滿小徑，像散落的佛珠。

途經的路線是必然的，就如同明天陌生的
行程。它安排緊湊又荒唐，卻有可取之處：
對於準備不足的暴露。一輛中巴靠在路邊，
一盞車燈亮著，一盞卻熄滅，像個氣衰的
海盜。所有麥秸幾乎在一場神祕的災難中
死去。夏天越過北回歸線之前，你誤用了
夏曆。麥秸在車燈下點燃試圖復活的記憶。
「我們不能停止愛，否則我們將退回冰涼
的死亡。」車在天黑之前修好，處於坡底。
你卻假設：你站在山巔，遠離湖泊，上面
還站滿衣服單薄的同路人，個個腳下泥濘。
你還假設：你也不覺寒冷，旅行不是因為
對未來的恐懼，也不關乎什麼深刻的孤獨。

2009.6.10

北京

一座內城規矩而郊區畸形的京城，像

童年小友送給你的一張彩色糖果紙。

你被認作短暫的旅人和糖紙的藏家。

「水果糖歸少數人支配，像某國的憲法。」

一路上，麥子頭顱低垂，親近黃土。

京城有嶄新的夏天，光線亮得不容

辯解。西站下車，硬幣的邊紋融化模糊。

你的邏輯被破壞了，一輛兩節的巴士

變成四十五分鐘和中關村的站牌。

紅色的輪胎，快的時候變成黑色。

「我們在等待，一個無法確定聲源的回音。」

向獨坐棋盤的老人問去圓明園的路線，

他只把拳頭攥緊，不指明任何方向。

他的手勢沒有任何陰影，我的口音

卻有兩層影子。它們，一明一暗。

「被踩壞的風景，它來自無節制的私欲

的懲罰。唯有長長的野草能覆蓋我們

的傷痕。」鐘聲沒能適時地響起，沒能挽救

一座小孤山的獨寂，像落入深井的種子

冰涼而沉重，在月光下獨自成長。

次日，你對天安門的平整程度表示懷疑，

這近似於不敬。在集體失憶的黑暗年代，

升旗不需要預設的薄霧，它擋住

明亮的星，孤伶伶的，遠遠地看著你。

你不熟悉的不僅包括紅色城牆而且是

整個首都，包括廣場上低頭啄食的烏鴉。

在京城，你難得清閒。卻抽出時間

收集露水，你試圖用這樣的方式

去理解沙塵暴，和空氣愈來愈混雜的起因。

在京城，你像是個連闖紅燈的新司機，

在黑夜肇事逃逸，逃向不存在的藍色之海。

2009.6.14

沒有牆的地下室

「夏至已經過去，我們不得不接受更多的
黑暗和屈辱，因為我們手無寸鐵。」
日夜更替著，像橡皮筋一般鬆緊自如。
你深居於地下室，任憑室外：共和國的天幕
一片湛藍，絢爛得與地平線難辨邊界。
這些，都無法自覺，猶如你無法拒絕
夜晚，猶如遙遠蘇麗麗，她從未離開。
眯著雙眼的困獸和屍體互相疊砌，刺耳的
尖叫被一堵牆吞掉，它們曾遭受詛咒。
地下室的苔蘚稀少發白，像死者的頭髮。
它潮濕，虛假地空曠，它的邊界像蛇，
蜿蜒得沒有盡處。少數光線從縫隙裏
像刺魚般游湧進來，把尖尖的身體擱在
呈暗色的地板上，短暫地現身後又消失。
「牆不會立即崩塌，因為你仍然瘦弱。」
是的，你的鼻樑骨彎曲得像把生鏽的
蒙古刀般沒有光芒。夜晚暗啞沉重，你
試圖用身體撞牆而造成的傷口，正在潰爛。
但僅有的光線太暗，像情人冰冷的手指。
「你變得什麼也不渴望，什麼也不。」

一個焦躁的夏季正順著你的額骨滴下，
一種幻覺在暗處否定你，你在一個被牆
困住的聲音裏沉淪，最終與牆合二為一。
「你這個遲到的人，妄想一片新鮮的雪地。」

2009.6.28

擱淺

潮水漸褪去，露出了海灘固執的脊梁和孤單的
貝類。海水冷峻，且渾濁不堪。「冰冷的海水，
是共和國暴力的全部，也是暴徒希望的全部。」
一個騎鯨出海的水手，孤零零地，從死亡歸來。
大海把一個異國叛徒遣回陸地，道德淪陷的海。
你的身體被懲罰，被海面劈成兩半，一半埋在
海裏，一半飄浮在海面上。淤泥像一副隱形的
刑具，它摧毀你，耗盡你的體力。剩餘的淡水
清淺而顯露，暴露了你意志的水位線。你不能
移動，像生鏽的刀被卡在劍鞘之中。你帶回了
鯨的體重，像一輛重型卡車陷入泥濘；像一艘
部分零件失效的棄船，又如同於盛夏被砍伐的
喬木。海浪湧向你的身體，對你的擊打，未曾
中止。你必將傾覆，因為你的重心懸在你之外。
但淤泥暫時拯救你，如同敵人得參考你的前科。
甲板上空的霧靄凝重，預示又一椿年輕的死亡。
散落的棋子只有很小的浮力，但它們彼此謙讓。
「我們不得不克服甲板的悲傷，首要問題是。」
行李是恰當的替代壓艙物，它有份沉默的力量。
「你像那隻瞎眼麻雀，它找不到地下室的窗洞。

一面不可理喻的牆壁。」一種逃跑的想法貫穿
整個霧氣隆重的日子，航道模糊得，像漁民的
背影。你曾試圖減速，但眼中還是翻滾出巨大
的紅色的水波，它的聲音讓你變渺小。防海堤
像海的披肩，曲折又堅硬，漁民暫時不會崩潰。
「共和國的內陸廣袤，沒有人擁擠在海灘上。」
甚至，沒有任何一個少女，安全地抵達過這裏。
近海的島嶼上，燈塔微弱如往常，它甚至無法
點燃一隻海鷗停止搏動的心臟。但是它的翅膀
像火炬，一枚白色的火炬，離你愈遠，愈明亮。
但是鳥鳴本身，必將和你一起墜入大海的沉默。
那些海灘上的小碎石，全部是死亡留下的胎記。
堤岸上無數的巨石像無數沉默的女人，紋絲未
動。霧靄散去後，你才能看清她額頭皺紋裏的
虛無和顫慄。她仍活著，無論如何。「虛無是
我們最後的盾牌，在那裏我們不可能被傷害。」
現在你得獨自面對不存在的湖泊、洶湧的江河，
站在出海口，等待一場來自內陸的欲望的洗禮。
倘若，祖先沒有修築堤壩，江水就有可能將你
帶回深海。「這是第二個夏天，洪峰早已過境。」
你背對著燈塔的光火，只能看見沙灘上的影子，
它是影子的影子，卻無比真實。「光是死掉了，
因為我們丟失了盛光的大容器。我們相坐無言，

猶如分手的夜晚我們重溫黑暗。」你必將墜入
黑暗。「我在等你的光，你的潛艇和海上營救。」
你走得比平時快了一些，彷彿並沒有那麼悲傷。
你留在沙灘上藍色足印，形同落葉，仍有餘溫。
「未來的日子，是全部黑色的日子，我們無法
一一記錄，直至你返回微弱的光。」夕陽沉降
在海灘的舌頭上，舌頭下面是沒有邊界的黑暗。
在一個颶風無度的夏天夜晚，你代替一艘棄船
在沙灘上，無法自拔，直至海水湮沒你的頭頂。
你背負著你過去的影子和不多的希望沉入海底，
你得以進入了大海的身體，這等同於重返大地。

2009.7.9

宵禁，宵禁

「寂靜是盛夏最大的陰謀。」一個不被監視的
夜晚。你眼睛中的顏色，支撐著它的黑。
溫柔的男子幻想語言的暴動，那是可能的賜福。
黑色像個紙團，堵住了暴動唯一的出口。
獨居者的房間，像個裝滿時間的盒子，又輕盈。
眾人。像微塵，安頓下來。夜色稀薄，如
空氣。黑色的煙囪靜默，難以掩飾的驚歎。
避雷針，像上帝的牙籤，等待著它命運的手。
街道漆黑，如棉花地，月光冷僻，樹木
蔥蘢如舊。槍被奪走手指和聲音，剩下
回聲，它獨自完成一場虛構的暴動。聲音
是樹葉磨損樹葉，是靈敏的警報器。
聲音像綁著鉛球，落在街面上打滾，沾上塵土。
「共和國，像一個外表被弄髒的芒果。」
這是一群暴徒的主動的鬆懈。「我們接受宵禁，
把空曠的街道拱讓給另一些人，他們持久地
沉默。他們，蒙著面具襲來，像黑色的潮水。」
「原諒我們曾對生死一無所知。」死神不捨
晝夜地工作，一些死亡成為事件，一些未亡
也成為事件。「甚至，我們畢生都不能

完成一次顫抖，我們始終渾然無知。」黑潮如風，
風如黑潮，湧向低窪處，填滿低卑的孤獨。
你的野心像蠟燭一般，在宵禁的夜晚即將耗盡。
於是，你在黎明的分娩中掙扎，最終熄滅成光。

2009.7.21

歙縣城

午晌遂醒，小房間的擺設因為日照逐漸清晰：
一張舊的棕繃床，低頭的臺燈，空的衣櫃和
空的桌子。一本海明威的長篇小說和被書夾住的
槍聲都靠在枕邊。電視裏老態的主角也曾溫柔
和年輕。她的衣服布滿了灰塵，其他的演員
也不能從厄運逃脫。幾只空啤酒瓶離窗戶最近。
虛掩的門在晨早被疾風推開過。你站立須臾
便可以減緩你腳底的麻木，便可以見得更多：

花園不大，與本城的規模般配。之字形小石徑，
沒有噴泉的水池中，幾條紅鯉魚忙於追逐和
逃避。一方八角形的水井解決飲水和占卜星空。
一顆剛移栽的棗樹上沒有果實，樹影塌向旁邊的
一排長滿圓形的紫色葉子的灌木，新芽參差，
很久無人修剪，你猜到了：花園有慵懶的主人。
近門處是只空的竹製鴿籠，剩下些凌亂的餵食。
再遠望是翠綠的松林，它背後是座廢舊工廠。

你無意中到過那裏，和本城的別處一樣：牆壁上
到處是裂痕，那是我們通往六十年代的密徑。

你將影子和腳印留在草叢裏，攜著身體離去。
「旅行就是重返歙縣城，就是重溫共和國的黑暗。」
歙縣沒有公園，沒有廣場，只有偏離日曆的夏天
和名義上的太白酒樓，永未斷流的新安江。
河西橋歷經數朝而無恙，因為河床的背面有一
面飾有魚紋的木鼓，它的聲音至今未曾浮出水面。

本城曾接納過李太白，空氣樂隊和溫柔的暴徒。
青石路是本地的指紋，店鋪像蜂窩那般密集，
這是個仿生工程的經典範例。遮陽布連接著，
比斗山街更長。補塑膠，修鞋鋪，鐵匠鋪云云。
本城的夏日，既不炎熱，也不磅礴。你徒步
為了緩解悲傷。「徒步旅行減緩了遺忘的速度。」
「你的陰影與誰重合，你的悲傷就與誰重合。」
你說話時舌頭伸得有些遲疑，彷彿舌尖掛滿重物。

2009.9.7

低空飛行

夏天，像條青蛇，甩給你冰冷的尾部和半醒的騷動。
你折返，重回青春期，卻像一個表情抑鬱的印度人
懷念著不存在的地址。你騎車，到過最南端的漁業
小鎮。日子晴朗，魚群啄食水草是最複雜的發生器。
那束聲音彷彿沸騰，幾乎要溢出一座人工湖的湖面。
河道筆直又骯髒，在日光下閃亮，像支忘刷的試管。
這個有日全食的夏季，給我們帶來不規律的氣溫和
雨水。一段被圍的鐵路，鋪滿鏽色，彷彿夕陽照耀。
瓦斯藍的天空，明淨的蘆葦蕩，繁茂的野草，心被
遮蔽。海在它們後面，平坦，沒有凹陷，沒有背面，
沒有污濁。大海是你剩下的時間，是你畢生的事業。
你用腳印於海灘上在遊蕩者的花名冊上登記，風在
吹拂，沒有港灣，沒有掩體，有的只是單調地重複。
稀薄的海水，像蝗蟲般向你襲來，並冷卻你的身體。
是的，液體的冷。幾隻海蟹和貝類隱藏在潮水之中。
用不著擔心海水的兇猛，海在最遠處有自己的堤壩。
繾綣的雲，像濾孔被堵塞的大漏斗，掐住欲墜落的
雨滴，掐住那不曾熄滅的愛情。你知道：你的未來
在一艘船上，但它暫時無法靠泊，它藏著你全部的
悲傷。你的手指笨拙，不會吉他，不能像風車發電。

夜色中，整個平原上有朵不動的篝火與海形成對峙，
一種黃和另一種黃的對峙。篝火熊熊，在等待一位
從高緯度歸來的勇士，你也曾是黑暗中槍手的一員。

2009.9.22

良心，給周晶珍

裝在藝術館口袋裏的午後。
公開的陰影，聲音的裸舞。

你喉嚨裏住著一個演員。
啞的風景，沒有痛苦，靜靜生活。

彎的樓道，露天的餐桌，
停滯的藍，後來是灰色。

不存在的舞臺，和時間。
不息的街道，地鐵雷同的布景。

城郊結合地帶沒有車票的柵欄。
夜色中，我趕往地圖上的綠色沼澤。

你手指尖碰到的那團鬆弛的
白色，是呼吸，還是霧氣。

2009.9.27

十月清晨，去車站

一刻鐘以前，你路過一個濕滑的斜坡。
你預先在坡頂，檢查繫緊了的鞋帶。
一場局部降雨落在前額的機會總是大於中獎
彩票的概率。你小心地走，像渡過
一片刀鋒，但可供給的氧氣始終是不夠的。
幾只石榴懸掛在枝間，像一個煙民
有發黃的手指和發黑的肋骨和肺葉。
像你那般冷漠出行的人，像鳥鳴般稀少。

一包在坡底的行李加上假期等於旅行，但
線路重複的旅行不會帶來豐富的含義。
要順從母親的意思，接受地圖的教誨。
你將手伸進早晨的霧，伸進早晨的寒顫，
伸進一隻籠鳥的鳴叫，去撥開你內心
深處的霧和貼近脊骨的冰涼。那是一顆子彈
都無法穿透的霧。你往前走，前瞻後顧。
你適時主動地成為了地圖上的一名失蹤者。

你是一幕無法改寫的悲劇，就像哈姆雷特
沒有劫後餘生的戲份。汽車在水霧中

小心翼翼地向前行駛，遞給你一團可能
加重霧靄的尾氣和一個巨大摩擦力的擦音。
沒有廢品公司願意回收成片的馬達聲
去餵養那些城郊寺院裏被棄養的銅鐘。
你被站牌追逐，被戴著面具的烏托邦追逐。
它不斷變幻著面具，像青城派的余滄海。

馬路是一張複寫紙，輪胎上的泥漿則是
一座微型海。遠處高樓像浮動的島嶼，模糊
不清。「霧，是我們周圍最邪惡的魔術師。」
你焦急地等車，像一位等待發榜的舉人。
你被人群的不著邊際的美孤立，他們緩慢，
像海堤上的亂石不被衝動。你像浸水的紙
般疲軟。雨沒有停也不會停，而且越下越大，
這樣，你回鄉焦慮的表情才不至於顯得突兀。

2009.10.10

對海濱生活的複寫，給蘇麗麗

　　你坐在一座黑暗的樓裏寫作，在紙上私藏大海。詩人的黑暗的夜晚，詩人的黑暗是黑暗中最黑的那一點，像初研並來不及稀釋的墨。而燈盞正是你自己，那是最微弱的聲音。你確實不夠勇敢，沒有面對懸崖的勇氣。你自稱病人，又去給別人看病。你不接受黑暗，又不能複製光線。心理差距。你是夜間活動者，習慣失眠，形跡可疑，與獨眼的海豹對話，它謊稱喝醉來淺灘上休息，實際上，它在躲避虎鯨的追殺。在郊外的郊外。你幾乎和世界隔離，這座大樓本身當然包括我即使在地圖放大以後也依然可以疏忽。是寫作讓我短暫的膨脹。

　　在晴朗的白日，你一個人去看海。與海傾訴，海粗野但溫柔。這星球上只有海和死亡是永恆的事物。你在海堤上行走，從東到西，又折返回來。一座大橋伸進海的耳朵裏，像聽診器。橋上爬滿很小的玩具，它們駛向大海，不顧一切。你在橋下，作為傾聽的人。

　　你同時是個表演者。這裏從不需要布景，廣闊的原野只需要歌手。原野曲曲折折，以海為界。你彷彿置身於一個畫廊，所有的作品只有單一的主題，如果加上一個詩人的

話，就產生可另一層面的主題：對抗。雖然我知道，我死路一條。舞臺上的光線充足，刺目。而所有照射在皮膚上的光全部是黑暗的。但是，聲音並不赤裸，一隻白鷺包裹住一個聲音劃過原野。音樂是赤裸的，因為原野還在等待著樂器和握住樂器的手，舞臺空蕩蕩的，沒有窗戶。只有急風偶爾遞過來的幾聲短促的鳥鳴。原野對海是沒有防備的，草肆意蔓延，然後粗壯，成為海森林，裏面不通道路，身體連著身體，沒有鞋的位置。草裏住著來歷不明的人，草和你靠得太近，夾雜著你的體熱，然後在你的皮膚上升起蘆葦的頭，眾演員之中，它最蒼白。

你要在海森林裏建造一棟房屋，它一建造時就已陳舊。你耕作，養鳥，投擲骰子決定播種的季節。有個女人從很遠的地方來看你，通過不為人知的小徑。你在她來之前寄去你親手手繪的地圖。她走近來，看見一棟沒有牆的房子，也沒有屋瓦，到處都是窗子，因為接觸氾濫的氧氣。你會不會正坐在自己編製的藤椅上等她。那一定是個夏天，海風通過小徑運抵到那裏，送來新鮮的貝類和螃蟹。那是一段安頓的日子，她站在邊緣的中心，不微笑，也不惆悵。

此刻，樓下有酒瓶子、詩集、鈕扣和痙攣的火車。樓下在黑暗中走動的不是小偷便是酒醉的彎子。作為一個懷抱仇恨的逃亡者和匿名的人，你被命運放逐，因為你的詛咒和對

抗。命運對異己的封殺，讓你不得不遠離城市中央，那裏有博物館和畫展，安全設施嚴密的動物園。

　　你被囚禁在海邊，遇到的盡是面色蒼白的囚犯。在這個平靜的醫院裏，多少讓你有些局促。他們過著一成不變的日子，匱乏和饑餓。平淡，像一群等待死亡降臨的暮人。他們同樣受困於國王，他們沒有陰謀，甚至沒有怨恨。他們克制，熟諳忠誠和貞潔，穿破爛的鞋子，與枯死的樹木保持距離，它們因水土不宜乾渴而死。他們躲避暗礁，不敢正視動物的眼神，走遠道繞開存放棺木的暗室。他們等待審判員抽取出他們布滿污點的卷宗，等待海上傳來的死訊。

2009.10.13

蘇北地區

不需要任何口令，飛機降落在平原之上。
蘇北的霧氣有獨有的形狀，類似於大海。
海水停止在腳跟，傳遞一艘沉船的深度。
「你也可以比山高，但只有唯一的方式。」
又一個無法長住的異地，你順從公路，
隱沒在交錯的繃帶之中。正在腐敗的秋日，
日子像枝間的野果失去光澤，和盛放
青春的骨灰盒一般黯淡。你來這裏，蘇北
參加青春受難的儀式，你驕傲地赴死。
這罕見的病例，詩歌是否是你致死的病因。
你是共和國泡沫連結中最薄弱的關節，
你是等待語言發牌的男巫，最愛伏特加和
蘇維埃。「讓雨水刺穿我們的脊骨吧。」
「否則，讓我們墮落，成為政治教師。」
在一個不需要英雄的國度，你不必走得更遠，
國土上狹長的平原，可以是你合適的歸宿，
比如此地，你是國王和流浪漢，你是
黑色空間的一朵火焰和用於試驗的玫瑰。
聲音的碎片全部在你手中捂著，等待
時間的霉斑。「說了你又不信。」這裏有

疏淺微藍的河涇，灰色的湖泊和星期一。
你站在秋收之後冰冷的星期一的大地之上，
年輕的麻雀跳躍在氾濫的光線中，同
焦熱的夏天和解。你還把星期天拆成
紙、橡皮、皮革、亞麻布、纖維和禮品盒。
應該有最後一隻山雀在霧中的樺樹後歌唱。
「為什麼最美的事物最冷，也最殘酷。」
這回死後，你被彈回黑暗的暖房，你走近：
可以看見暗夜中那幾顆永不褪色的星辰。

2009.10.30

到對岸去，給病中的蘇麗麗

冬天被北風傳遞，像一封信
夾雜著雪的印痕，越過黑色

沉默的大海，掃掉象形文字
中的積雪。時速三十公里的

掌紋逐漸清晰，像刻花紋的玻璃。
要熱愛細微的事物，熱愛浮力

便可以飛行，一如夏日空中的
飛行器。要熱愛墜落在亂石堆中的

小行星，它拒絕成熟，像初夏
幻想的果實。要克服阿莫西林的

陰影，到對岸去，愛永恆的事物
才不至於蒙受顛覆和折返的痛苦。

2009.11.2

下旋的階梯

你被機器的轉軸推向失敗的頂點，推向建築物的頂層。
墜入天空，雷同於落入正在繁殖的暗紅的海水。
「我們全部的恥辱來自未來的空白，一個巨大的陰影
尾隨著我們，透不過氣。」你內心忐忑，像一個
即將暴露身份的臥底。「死亡是擺脫恥辱身份的
唯一方式嘛。」恥辱就是無所作為，就是一個軍人
被沒收掉了武器。這只是個口誤，像身後窺視你的冷箭
迫使你逃跑。你的腳跟不穩，像激吻之後虛弱的野草
肺葉裏留下的全是恐懼。你站在樓梯口，它像口
繞著鐵管的水井，又彷彿一個失去彈性的彈簧。
墜落源於共和國家的驅使，而並非受到重力的誘惑。
階梯四周孤寂而空氣炎熱，稀薄的令人窒息的煙霧，
扶手硬梆梆的，像山東農民吃的煎餅。鐵是冰冷的，
像一個國家，鐵裏面有一種黑，它沒有自己的名字
也是個孤兒。表面的油漆像墜落的皮屑，它的綠正在
變暗，像一個骨骼萎縮的病人。代價是一本童話集，
它是適合你腐爛的居所。你越往下奔跑，空氣越稀薄。
你在途中受堵，一個中指佩戴戒指的女巫，你不能
接近她，這是中指的道德，你必須等待，直到她老去
才能接著往下走。你能在各樓層遇到上鎖的門，還有

一把編於一九六八年五月的柳條籐椅和椅子上的法蘭西
掮客，他從容地伸出一隻假肢、刻薄的目光和雪茄。
他不苟言笑，像出生在赤道附近的居民。「一把剃刀
會在合適的時機剪去你多餘的手指，剪成獨裁者的
手勢。」實際上，你是被紙幣刮傷。灰塵受驚，被
頭頂的疾雨打回地面，成為灰燼。共和國是獨自深陷的
大陸，像間幽暗的監獄。「殺死我又沐浴我的黑呀，
我似乎聽到了後代的聲音。」你因為毫不妥協而最快地
墜落，於二〇〇九年年末的某個下午墜到安全出口，
你還見到了馬達先生，他身著一身黑衣，步履緩慢，
他低聲告訴你：「上午，我剛冒雨參加了自己的葬禮。」

2009.11.16

濱海花園

一座私人花園，像一朵不顯目的胸花
別在你的狹長而荒涼國土上。
這座無人認領，甚至寬到沒有邊緣的
花園，一邊建造，一邊又在坍塌。
「海濱花園就是你必須穿越
才能看見的沼澤地。」草棚裏沒有其他人，
窗戶，像一架反裝的高倍望遠鏡，
你無意中窺見了內心的風景。
你伸展在草地上，鬆開指間的浮冰。
低矮的灌木叢無規則地蔓延，
像她的燃燒著的裙擺，一層疊著一層。
柏樹像一群僧侶，枝頭掛滿絕望的蘋果。
你是國師，預測著降臨塔頂的
不祥之物，究竟是災星還是咒符。
你離危險的含水層那麼近，雖然
你的手指乾燥，像一截樹枝。
你的合法身份是個三流的植物學家，
察覺草木生長，綠色血液流淌不息。
「自然法則才是花園的主人。」
你記起夏月，住在花園裏那位沒有指紋的

外省總督，在特赦令上避難，

他往往在貯水池旁等來暴雨。

「不要過問漂泊者的來歷。」他是孤獨的

東方植物，喜歡一個人去海邊，

等待划著木舟從深海返回的捕鯨人。

2009.11.27

輓歌

你又去了沼澤地，彷彿懷念。它偏遠，將是
我們的墓地，黑壓壓的，像礦工的肺葉。
冬日冷峻，像愈老愈寡言的祖父；葦草垂著頭，
像個糧農。整個沼澤被冰層封死，像
一頭被困的母獅。你手上握著一支溫度計，
它的示數仍在下移。死亡離你很近，像隻
水鴨，立於沼澤，半日未動。火堆已經熄滅，
只剩下灰燼。那群臂上戴著黑紗的工人
正在冰層上建築，鑽孔，敲擊冰的骨頭。
沼澤看護員是個啞巴，他背對著你，目睹
伴隨著降落傘徐徐落下的三克悲哀。
「我，無法守口不說：冰是睡著的洪水，
是難以啟齒的手槍，而語言正是僅有的子彈。」
是迷霧遮蔽槍聲，你的翅膀多如漫天雪花，
但想像力無法換來升溫，它這般被浪費。
你踩著枯萎的蘆葦往前走，不顧稀薄的泥潭。

2009.12.3

小情歌

你和我，是海上的兩片漂浮物
沿海濱遊走，兩手空空，彷彿

流浪。兩條公路赤著腳在海邊
延伸，又在這裏重合，像我們

灼熱的身體。而沼澤是我們的
鳥籠和花瓶，茂盛的草和花都

沒有取名的必要，但它們矯正
我們的舞姿。愛情是對現世的

合謀，我們因為愛而不再卑微。
我是糊塗的國王，我拋棄國土

和清潔的海灣，我只願意讓你
黑色的頭髮困住我笨拙的手指。

2009.12.10

盧森堡公園

想像力省略了簽證手續，卻沒有把你遞得更遠。
你像一封不必貼郵票的介紹信，手持一張
乘車票證，自我驅逐，在母語的輪廓上冒險，訪問
死亡。在傍晚抵達盧森堡公園，它沒有圍欄，
所以處處皆是入口，卻沒有一個出口。你單槍
匹馬闖入法蘭西，闖入皇權組成的公園，
一座最先設計成監獄的公園。裏面充滿了各色的
人群，但寂靜，彷彿鞋底安裝了消聲器，彷彿
是死者輕盈的步伐，那是你不斷重臨的黑白夢境。
「公園是一個國家的縮影。」水杉大道和圖案
密佈的花園，有稜角的小徑，玩偶劇場是免費的。
低處是籬笆濃密的植叢，你的意志越過荊棘
在灌木叢中奔跑，草全部倒坍在冰冷的土地上，
等待信號彈發出復甦的指令。麻雀作為唯一的鳥類
落在枯黃葉間的火苗裏。草叢間有幾座木製的
紀念碑，它們靜靜生長，像初夏的梧桐。而
現在正值隆冬，顏色深如墨跡的水杉越往高處越細，
枝條像一個空傘架，樹幹像是一枚倒立的釘子，
彷彿要刺破天空的烏雲。麻雀是聲音的篡權者，
將樹上的鳥巢撐得更空乏，樹木是天空中最整齊的

書法作品，而最先接觸閃電是空中的氣球，它

只關照一個孤兒的回憶錄。你，一個黃種人，

為了逃避假想敵，逃到歐洲，並尋找毀滅之後的骨灰。

盧森堡公園和世上所有的公園一樣，由椅子、水

和樹木組成，綠色的鐵製的椅子上，一個低著頭的

小孩手持一枚硬幣，他在猶豫；旁邊坐著一名

鐵匠，他為小孩準備了足夠的金幣和折刀，他們

面對湖水並排坐著，小孩彎腰然後站起來，往湖心的

同一個位置投擲石頭，彷彿打靶，卻得到一串遲鈍的

沒有破綻的回音。你像一條剛剛跳上岸的魚，

口中仍有淤泥。「水是一種迷信。就像公園是一段浮木。」

你明白：湖底有座祕密的監獄，那是所有的祕密

的源頭，那是你的目的地。而此刻，疾雨墜落，像

細的繡針。你打算在雨中與亡友通話，而監獄是

信號盲區。「我將在每一場冬雨中崩潰，在遠離共和國的

夜晚，徒勞地擁抱雨水，擁抱它鐵一般的顏色，

鐵鏽將一夜間變得茂盛，它們像我們的骨頭般鬆脆。」

你在雨中寫信，「原諒我在大雨中踟躕不前，原諒我

內心豐沛的膽怯，雖然我痛恨引力，但它是地球

最高的權力。」他們似乎收到去信，紛紛上岸，將你

高高地墊起，和那群在劇場陣亡的木偶們一起。

2009.12.16

送冰的女人

傍晚，一位送冰的女人推開地下室的門
搬來新鮮的冰塊，和落雪的消息。
她言語利索，像一個正在執勤的傳令兵。
她一路來連門牌都不曾看過，正如她
經常拒絕生活中理性的部分。她鼻尖通紅，
臉龐像座凍結的瀑布，她歸順了身體
內那條直立的蛇。一層鋪展於掌心的
薄冰，不可能在同樣冰冷的地下室融化。

你試圖伸手去彌補溫度的裂縫，最終放棄。
冷是一種傳染病，類似於孤獨，沉默。
「這是唯一的一場雪，不可複製的雪。」
此刻，廣場上，人群潮水般退去，湧入夜空，
彷彿煙火。在無人的公園，你看得更清晰：
公園像一個簸箕，裝著湖水、植被和積木
搭成的屋子，它們全部靜止，像一個聲音的
倉庫，和昨日的傍晚，完全是兩種景致。

「雪是一種顫慄，是一種退化的信仰，
是陣亡的戰友從天堂寄來的貴重信件。」

一片雪花穩當地落在她的髮尖，尚未化掉。
雪花潔白，如廣場上的鴿子，它不明白
你脊骨中黑暗，也不知她長髮下被遮蔽的
不化的冰層。雪在低處消耗自己，化作
紙上的白玫瑰。突然，一片雪花落至頭頂，
順著前額落下，擠出你身體裏多餘的黑。

「青松負雪，公園以白雪為衣，如我們
飄浮在一座霧港。」天空把灰色聚攏，
像一次鎮壓，從容不迫。她臉上的光愈暗，
住在薄冰上的女人，熟知你心魔的病歷。
雪花如大多數人，樸素，沒有技巧，終會
成為你們前行的障礙，若將雪花折疊，
它必將堅硬，成為子彈。你們在積雪上擁吻：
「這場雪後，我們是否會麻木，不知冷暖。」

2010.1.4

黑暗的秩序

一座患肺病的城，在白晝的喉中焚燒。
日光滑落，像雪崩之後，露出黑色
脊背的群山。你們酒後夜巡，無法
入睡，像是一群被噩夢驚醒的雛鳥。
一陣激情被安撫後，你們退至葉家花園，
它是夜晚遺棄在東北郊的一枚鈕扣，
橫空降臨猶如夏日聖潔不沾塵土的閃電。
但它緊閉，像一扇上等人家的窗戶。

假山、綁困湖水的小徑、空泛的廣場，
你們總是按照固定的秩序遊走。石板鋪的
小路無常鬼般煞白著，為我們經過，
這琴鍵，彈奏一段寂靜接著另一段寂靜。
樹影撫摸在你的背上，在這座聲音的
孤島上，因為異於他類與大陸割裂。
「所有的幽暗是同一種幽暗，所有的命運
只有同一個結局。」溺死於湖水的病人和

湖底的沉船都沒能在湖面留下航跡。
噴泉在夜晚靜止，像一位息怒的中年講師。

一束月光擠開樹幹照亮你臉部的疤痕，
眾人席地而歌，你們之中缺少了一人。
歌聲站在另一個制高點，與魯莽的
銅鐘長久對視。「我們將在這夜晚迎來
黑暗的頂點，我們將在這夜晚等來
我們命運中永恆的窺視者，他眉目清晰。」

「詩歌像一隻在蘆葦的苦澀中任性的鳥。」
荒蕪的居所和南方廣場，都曾是祖上的院舍
和耕地，黑暗躲在最茂密的黃楊木叢中，
有最富足的彈性，不像泥土中埋著的白骨，
又酥又脆。「所有的事物都必將在詩歌中
恢復原本的秩序，包括史書中的一起政變。」
話音落時，你興奮得正欲蹬地而騰空，
卻感覺有股外力拼命地想拽住你的翅膀。

2010.1.14

虛妄的賭徒

南方鄉村的夜晚，被寒風扯得七零八落。
他家中泛黃的白熾燈讓四壁顯得灰暗，
條桌上有空酒瓶，蒙著灰塵，將冷和熱隔開。
他步態輕躍，彷彿腳上綁著白雲，奔向
賭場，躍入欲望之海，令人窒息的大海。
賭徒往往包括木匠、裁縫和養蜂人的弟弟，
他們衣裝樸實，指間牽出幾縷白煙，
他們在一個充斥神話的國家被欲望圍攻。

桌子被圍了幾圈，後排的踮起腳往中間擠靠，
像只有毒的蘑菇。「賭博是短暫的逃遁，
是不滅的火。」他習慣性陷入絕望，像海難後
死死抱住已覆船隻的桅杆的那位未婚水手。
「欲望由四面牆組成，堅固，不可移動。」
海水沖刷著他，一日幾遍。在密閉的屋角，
一隻成年蝙蝠用鼻息撫摸著一切，它在光線中
灼燒，它因為偷食過多的光芒而無法明目。

擲骰子時，他們屏住呼吸，睜大雙眼，像
白天被殺死的用於還債的那頭水牛的眼睛。

他慢慢移動手指中的紙牌，像一個罪犯
等待法官宣讀判決書，將自己推向一個漩渦，
一個黑暗的深淵。他皺眉，抿著嘴巴，
聽不見歡呼和歎息，也聽不見紙幣從手中
滑落的聲音。一朵乾癟的烏雲在他臉上鋪展，
烏雲一動不動，像村口漆黑垂死的冬青。

他又必須獨自離開賭場，像艘偏離航道的船隻，
像一片率先觸地的樹葉。他推開門，灰燼
湧出，而大雪湧入，撞擊他滾燙的前額。
「不若死於暴雪，死於它的純潔。」他必須路過
一片乾枯的湖泊，現出淺薄的谷底。此刻，
村莊黑暗，像一片森林，像一片從沒有月色
覆蓋到的貧瘠水域。他左手推開院門，
右手將帽子往下拽，彷彿要遮蔽臉上的刺青。

2010.2.28

冬末皖南鄉村的精神圖景

皖南的鄉村靜止，像輛破舊的機車
橫架在河的兩岸。風景被視線折斷，
傘兵般飄浮在群山的臂彎之中。
你清閒，黑色的頭髮慢慢變回綠色，
每一次日落時的溫暖，絢爛後的
質樸，你都無法模仿，只能伸展雙臂
像一個祈求安撫的小男孩。而你
已然二十五歲，殘酷如被困的軍隊。

鳥在空中築巢，布局精巧，如若星辰的
房屋和迷亂的路徑，吸引你駐足察看，
你得以抽空安撫身體裏黑色的浪尖。
儘管，汽車吐出的馬達聲也曾入侵鄉下
把村子染成一個聲音築成的蜂窩。
現在，聲潮退去了，你把村子交還給
寂靜。「是時候了。」你加入了它們，
成為其中最黑的那一點，像枚楊梅核。

「請鬆開黃昏的韻腳，因為現在
可以是早晨，同時又是晚上。」
潮濕的日子，河道爛到三分之一為止。

它克制，不單單是為了教育後代。
石頭同以往一樣，在夜間浮出水面
它在麥子的曆法裏換氣，去餵養
藏在水底藍色的火焰。夜間氣寒如針：
「江河面前，我們的痛苦不值一提。」

你仍然無用，像一盒受潮的火柴。
這是場每個人都必須遭遇的濃霧，
低溫和疾病圍困著你，閃電也過早地
蒞臨，驚動了你血液中的鹽粒。
你因不安而奔跑，在奔跑中與河流
相撞，你在奔跑時大聲歌唱，淚流
不止，你全然不顧，彷彿速度
會幫助你刺破這場濃霧，穿牆而入。

你們在紙上偶然相遇，並且交談：
「你離皖南愈遠，看得反而清晰。」
「想像力是一種病毒，小心提防。」
如今，你重返共和國東海的邊沿，
回到傾斜的眾河之間，看守著
一池變質的海水，提防著海的祕密
倒流進一部水利誌，它的洶湧和
眾河的脆弱，都不足以解釋你的疲倦。

2010.3.17 贈肖水

訪鶴鳴山

衰敗的日子已經降臨到這一代人。
從二〇一〇回溯至東漢的曲折
不僅僅因為你必須路過的時間之灰
堆積甚高，以至淹沒你的膝蓋骨。
你必將歷經一種附加的兇險，像
一名獨自到井下做額外挖掘的礦工。

張道陵在經書的扉頁上開了家
歇夜客棧。清晨，在鶴鳴之中，
你看見夜間上山誦經的店小二
從薄暮中披著隔夜之露歸來。
他指引你上山的窄徑：「現實的北面，
虛無的南面，便是你的鶴鳴山。」

一隻石鶴在山門外拂拭翅上的灰塵，
你遞給守衛五斗米作為拜師之禮。
每個門徒都長髮垂地，又通順；
山腰上的稻禾上結著飽滿的麥穗；
湖泊水平如鏡，卻無遮攔之物；
樹木整齊，沒有任何枝條伸入塵世。

院落懸浮於空，拾級而上，見白虎

飾神符；道堂之中，滿室異香，

紫霧彌漫，兩條清河穿堂交匯而過。

道童告知你：天師近日不在山中，

不過他已在經文的末頁為你留言：

「驟雨終日，幽居，皆為至上的賜福。」

2010.4.1 贈李小建

答朱由檢（1610-1644）

積雪不化，泥土在它的掩護下燃燒。
一個保守派的暮晚接管寂靜之湖。
我來到黑暗的湖泊中央的碎冰之上，
接收不孕的閃電送來的遲到的羽檄，
羽毛色澤新豔。它卻耽擱了三百餘年，
彷彿是歷經了清政府的層層審查。
你用血指書寫明朝的消息：「朕腹背
皆敵，一個帝國正於存亡的邊際。」

音量微小，又顫動。我嘗試去融入
這樣的語境，因為我浩繁的窘困
如你先祖的江山般闊遠，不得解藥。
你保持一貫地勤勉，黃袍威武如舊。
但治癒先朝的遺傳病耗費了國家的元氣。
南北夾攻之下，你終究無能為力。
「亡國屬意料之中。」你守國門而死：
「我住在時間的迷宮，淒冷而安全。」

你的國土被鏡頭佔領，到處是權力
的眼睛。我也曾路過你的王宮，

冰涼的脊柱支撐著汗水醃製的紫禁城。
綠色的帝陵裏滿是灰色的墓碑，
荊棘高於雜草，而低於景山的槐樹。
你將軍隊折疊起，放棄在紙上復國。
現在，你並非帝王，你和我一樣，
淪落為光陰之墟中，孤獨的流亡者。

你將給帝國把脈的技術傳授予我。
作為流亡的目擊證人，為了協助你
越過朝代的界碑，我得用鑷子
糾正你的京城口音，以掩飾你的出身。
你還要果決地斷掉封建的臍帶。
夜路漫長，你得一個人走。你必要
踩著碎冰過河才能脫險，而我能做的
只是將你的國土之灰堆得更高。

2010.4.13

寄趙昺（1271-1279）

島嶼的生長永不被知曉，像零丁洋
之上，你反光的身體永不腐朽。
你走下王位，來到墓碑的基石下。
自誕生以來，接二連三的國難
迫使你在祖國破碎的鏡中流亡，終於
從鏡中的懸崖墜入冰冷的零丁洋。
「島上的日子是最艱難的日子。」
如今，我發配孤島，體悟你的命途。

這無用的海，藩籬一般的海，鐐銬
一般的海，連漢人新製的鐵器
也在海中融化。大海沸騰，彷彿
處處都是這個民族的傷口。它
始於你的祖上，打破了過多的規則。
彷彿島嶼四周缺水而形態崩潰，
彷彿渡海之船上載著過高的土堆。
最後散作：礁石、故國和亡君。

「最壞的日子仍然沒有結束。」
蔽日如雲的鳥兒，如雨點墜入灌木

毫不遲疑，就像火焰迅速升起。

「鳥鳴不在空中，就在虛實之間。」

「佩鈍器的囚徒在等待反攻的訊號。」

我會將這封密信藏在小魚的腹中。

之後，我會燒盡島上的信件，

任憑共和國的語言一字一句腐爛。

2010.4.26

入夏，二〇一〇

之一

建築花園是抵達夏天的快捷方式。
夏天是從樟樹之冠中湧現，彷彿
地下河的倒灌一般壯觀，卻不被
花匠察覺。要摸準他想像的穴位
是不可能的，因為花匠全身通透。
樹冠將日光梳理，投向劃方格的
水泥地面上的河流。藤蔓的生長
分為攀爬和垂落，如抽穗的麥禾。

立夏彷彿樟樹的私人更衣室，但
樹冠的茂盛之中，有最深的焦慮：
美如群山，正在崩潰，日夜不止。
花匠在夢中把井封死，外祖父的
手杖因得不到澆灌再也不會發芽。
作為一個植物人，你比自己難堪。
一如樹冠冒過房頂必須停止生長。
一如紫不是紫，嫣紅不再是嫣紅。

之二

北緯三十度的夏天。綠色重複著
綠色，像花朵重複著花朵的紅色。
日光炫亮，花園成為影子的王國。
陰影中醒來的花匠口含薔薇的柄，
他習慣攏澆花的姿勢，像是祈求
陣雨的墜落，他的手蒼老，掌紋
像閃電，讓他一生黑暗。風撫過，
光被晃動的樹葉彈碎，無影無跡。

花匠一生無言，經常在夢中落水。
傍晚，他鬆開手中的樹叢，手中
的綠漸成為黑色，膝蓋上的月光
順勢淌下，像銀子鋪滿格子地面。
一片海域靜靜從他的黑髮下升起，
像記憶陷落，像死者的名字不能
被說出，像煙和雲都無法被挽留。
灌木中就要衝出一隊黑色的鯨群。

之三

閣樓，像冰雪一樣一夜之間融化，
冰水流淌其上的日子註定是菲薄，
手指如樹枝斷落，沒有一滴樹汁，
樟葉堆積成為光火，沖散了悲傷。
花匠將火種貯藏在一只木櫥之中，
好像穀倉中養著一隻嗜睡的家鼠。
午夜，噴泉靜息潔淨，枝葉繁茂，
根深蒂固，群星露出溫馴的面頰。

花匠甘願接受花園之外物的凌辱，
做美的奴隸，儘管美是失勢的主。
花園是小丑抵禦卑微命運的盾牌，
又是語言傷口的包紮室和實驗室。
日出而作，日落而息，這日常的
洗禮沖淡了你對臆想敵人的仇恨。
入夏時翠綠如蓋呀，他彎腰撿起
一段枯枝，像抽出一柄無鋒之劍。

2010.5.19

悼外公

濕熱的初夏半夜，死訊傳至，仍有餘溫。
是死亡出面制止了你肉體上的劇痛。
你離開我們，去不復返，像只煤油燈
斷了燈芯，火隨即熄滅，房屋陷入黑暗。
「夏天像個機場，隕石接走我的親人。」

你斷氣時手指僵硬，像你那支手杖。
雖然晚輩中缺少了幾個人，送葬的隊伍
像個彈簧仍蜿蜒了好幾公里。你的棺木
經過尚未修剪的茶園。山區的雲霧
總是垂近地面：「呵，此去西天多白雲。」

如你所願，你被葬在水氣瀰漫的茶園，
從此，你隨山體呼吸，與草木同腐。
山間的明月也能照遍斜坡之下你的身軀。
外公，這人世多紛擾，萬一我無力
應對，希望可以在你遺照的目光下避雨。

2010.5.27

同遊

宇宙中的光芒傾盆而注，樹影漸濃。
星期天，你們重返田野，觀看麥子

盛大的演出。麥田是農業的兵工廠，
芒刺堅實如燧石，點燃金黃的倉庫。

一切似乎未遭塗改，你仍熟悉它們
又矮又薄的骨架支撐著沉重的頭顱，

彷彿時間為你減速。你站在一個被
弄皺的詞語中央，彷彿二十年前的

靈魂還懸在半空搖擺，像一個顫音。
你嚮往居住在一粒黑暗的麥子內部，

這並非虛構，也非幻覺。因為芒針
刺痛了麥地之中我光芒覆體的妻子。

2010.6.3

凶年

身處凶年的日子，如獨自面對清晨之散發。
窘迫還在於你找不著潔淨的杯子喝水。
你行事小心，動作遲鈍，彷彿有敵人
在泥濘的前途中埋了地雷，但導火線
為何乾燥如枯荷，扣動你臉上閃電的扳機。

「甘甜清冽的河水是世間最高的道德。」
但不祥之物緊追你，直至護身符失效的陽臺。
你面對像是經歷了一場慘敗的霞光發呆，
天空中的湖面傾斜，水倒入貧瘠的河道，
萬有引力在不知覺中完成了對道德的殺戮。

河的良心，彷彿國王腰間的贅肉正在失寵，
又如一片樹影溶解在潛規則的污湖中。
河水也在工業的引誘下變得更濃，生鏽，
像落地之後的灰塵因失去光照而無法生動。
河堤還在潰爛，一個國家就快無法進食。

你渴望許多年以前的月光重臨你的身軀。
「抵達良知的高原需要穿過多少厚密的荊棘。」

此刻，天空像一所剛結束放風的監獄般安靜。

雲朵正在建設泡沫的帝國，明日，它將

捲著苦澀的灰塵再次撲滅你的禱告之辭。

2010.6.17

夏至，二〇一〇

在夏至稀薄的曦光中換氧是何等幸福。
風豎起雜草的耳朵，感覺潮水退了
多遠。對於紙張的磁力，你無法迴避，
用陰影點飾甜蜜。你走進宇宙的露天大廳，
坐下，彷彿在等友人歸來，你還安撫了
幾座島嶼，那些龍王棄之不用的棋。
無影列車將從深海冥域突圍的消息
在急速奔跑中破碎，化作沒有頭的郵車。

一張明信片飄至，畫面是一九九一年
唯一一場雪景，你必須將衣領之中
不曉世風的故土抖盡，才能看清背面的
留言：「海是命運的中轉站。」可是，
大海並沒有郵遞員和出售郵票的窗口，
寄給獨角獸的檢舉信爛在橄欖核之中。
「要麼把我領回樹枝，與果實為伍；
要麼修剪好我的殘翅以便我繼續南飛。」

你對著魚的耳朵，想和藍色打個電話。
為了追上奔跑的詞語，你邊跑邊說，

你無法制服那些不著魚鱗的詞語，
習慣性跑題。談及近況：「我和螞蟻同穴，
協力鑄造光芒的子彈，它們逆向飛行，
洞穿紙片和語言的籬笆，勢不可當。」
「注意手勢，免得誤傷自己。」說著，
跑著，藍色衝出了服務區，話音中斷。

你來到了大廳的沙灘上，用身體貯藏
日光，為製造閃電囤積足夠的原料。
沙灘上吐出了海蟹，那是郵車的鑰匙，
它們不識風月，往往以春夢作為早餐。
現在，你腳底全黏著踮起足尖的草籽，
你融入它們，在被擺佈的命運中不住奔跑，
日行千里，還淌過一條眾日鋪滿之河，
它出奇地冰涼，彷彿從未被愛過。

2010.6.24

殘局

平緩的山丘，像黑色的鐵塊
棋子般布於眾河之間。

無法發芽的棋局，在自然劇場枯坐
不如退入幻想的密室。

行軍中的兵將頭頂的白雲撐得更乾，
防止過河時天空突墜暴雨。

它身負閃電，如背著一張巨弓
在急湧的河中浣洗命運，

將它洗得更薄，在朝暮之間往返
像破碎的湖水在你手上流動。

一群蝴蝶像一頁象形文字
衝出蟲蛹殘酷的夢境。你率領詞語

走向樹枝的末端，語言必將
顫抖，像棋師虛無的嘴唇。

2010.6.30

空駛

搬家，從海濱到江畔。你像一輛卡車
空駛。「不忠的景色還包括時間。」
「零亂的日子像一支斷芯的鉛筆。」
陡峭的時光載著你駛過那些破碎的風景，
它們無人認領，且正發胖著步入中年。
你將景色拆零，散裝在起伏的蛙鳴之中，
水草愛惜自己，留下最響亮的一枚
別在船舷，最後融化在渾濁的江水中。

重遊故地，雖然位址已變質，你仍希望
能從舊的風景中獲尋魚群游失的方向。
房屋從未移動，像琴弦上趴著幾頭水牛。
你也未動，托舉著一封密信，等待過江
的船隻。記憶涉江而來敲打你的窗門，
它乾燥如鐘鳴，震驚了酗酒度日的室友。
渡過幾杯酒，你去江對岸回敬大鐘，
步伐錯亂，穿貓頭鞋意外獲得虎的猛意。

站在十樓窗口，看到的竟是幾年前的
天象。像解散一支超齡的船隊，風吹散羊群

讓它們踩著舞步歸圈。天空稀薄得像紙，

就要被羊的舌頭舔裂。你從口袋之中

取出星辰，照亮身後的暗房。今晚，月光

橫貫大陸，鋪向漆黑的江面。河的胃

正在被惡意縱容，絕望就要漲破這河流，

就要抹掉你登樓而上時赤裸裸的足痕。

2010.7.19

對鴿群的一次觀察

夕照之中，隱形人佈置了一串白點。
它們奉命繞著屋宇的尖頂盤旋，
為了消化掉主人腹中不懂啞語的種子。
如果三十五個圓能重疊成另一個圓，
那它必是你不斷重臨的空白夢境。
你注視著這圓向前翻滾，感覺暈眩。
它的飛翔果敢，堪比獨自面對殘局，
甚至不顧及日漸稀薄的江河之仁。

主人總能幫它們化解食物不足之結。
它們輕視物質，彷彿前世是陶潛
慵懶的侍童，能自如地駕馭內心的虛空。
他們禦風而行，伸手摘一朵白雲，
像摘除一場噩夢，但不能治癒病中之菊。
也不曾想過如何逃離物質的黑暗之井。
天幕，如一只灰色的陶罐，被它們
越描越黑，它們黑到幾乎成為一群蝙蝠。

2010.7.31

同裏之殤

一座蘇南古鎮，像一家國營印刷廠
複印出一部部被閹割的教科書。
甕中之美，「你欲咀嚼，但匹配的牙齒
已經退化。」一雙肥手頻繁伸入取出，
像個孩子纏著貧窮的母親想買高檔玩具。
鎮上的風景清淡，沒有鹽味，彷彿
清朝的人都不食煙火。這浸泡在
福馬林中的傳統，像妓女的美人痣
讓你這樣愛美的過客既愛又恨。
一場霧中，你恨不得偷換掉住址。

夜晚的確寧靜，那是美在頹敗中窒息。
它變賣了皇冠，也沒有耀眼的疆界。
宦官們忙著享用肉欲，沒有人接住皇帝
垂落的寬大皇袍。太子計畫著獨自
披星戴月，升上天給美上一次發條。
但過期藥丸無助他訓練出飛翔的技巧。
黑色統轄的水鎮上，僅有幾隻蟬
鳴響。它不能濾出這即將溶解的墨香。

日漸式微的美，浮在水做的街道之上，
像一張被隨手擰斷後又遭棄的荷葉。

攜著失敗，你想滲進臘梅的枯枝之中。
「這過程緩慢，如同手指伸入你的長髮。」
在午夢堂遺址，你躬身拾一片殘瓦，
像考古學家收到一篇寄自明末的閨詞。
你欲提筆回信，可是詞語如閨房之樑
頃刻之間坍塌，掩住了可用的韻腳。
「我們寡言，因愧對先人而不敢迎視
這人造的廢墟，但我們稱讚自然死亡。」
像你稚嫩的身體，美在指尖發芽，
它的生長將繞過灰燼而直抵文明之冠。

2010.8.4

蓮師

「蓮師。」你放棄追月，放棄生活在雲端
服食延壽的仙丹。背對島中之湖泊，
逆著舟痕，你目睹大陸被灰塵一點一點淹沒。
你追隨種子嵌入淤泥，往更黑的地方走
才能排除無意義的雜音，往灰燼深處走
才能抵達嫩枝之末，才能識破一生的迷局。
時間溢出你的掌心，像洗不掉的荷漬。
你夜間漫步，手執一只壞的鬧鐘，額頭通亮
像只手電筒，彷彿趕路去喚醒喝醉的刺客。

十五之前，月亮在雲層之上繼續生長。
兇猛之鷹伏息在塔尖，像是中了巫術
臉龐漸漸變小，你替魚群在交錯的蓮葉上
尋識回鄉之路。它們在夜晚回到沙漠
之中的故鄉，跳躍，如受驚的狼群。
你的身體也變得輕透，像只紙燈，靜坐
像遊蕩；而你遊蕩時，又如一尊坐佛。
「遠離絕非靠近，但它是另一種靠近。」
你不言辭，彷彿已經離開了這座荒島。

又是一夜不眠，因為你不懂月球的方言。
清晨，你在蓮葉上採集夜露，像漁民
取魚。幽靜是湖水和蓮的友誼，你會臨淵
羨慕魚群的前世是一串空心的水泡。
生之微末。潔淨之軀是遭受禁忌的語言。
蓮葉在湖面上奔跑，彷彿藏身湖底的亡靈
正在匆匆趕路，遞給你裝有隱情的泡沫。
你一動不動，專心修補一張掉隊的蓮葉。
「我要點亮你的虛空之心，不息光芒。」

2010.8.24

小哀歌

速度潮濕，像一場致死的瘟疫
將你攆離這浮世。午後的
暴雨兇猛，像批著軍大衣的地痞，
甘當閻王的副手，手持牙笏。

死發生在頃刻之間，不及避讓，
像一道閃電，奪走你的心跳。
你短小的身子癱在黃昏的
斜坡之上，彷彿司機潦草的字跡。

死亡，不過是短暫的缺席。
事實上，雨滴是位稱職的牧師。
它將每個人的結局切齊，
如一陣風，必能撫平江的心臟。

你幾乎是被路人的好奇活埋的。
但他們不理解地面的寒冷。今晚，
倘若你打開我夢境之閘門，
我定用一段新伐的檀木供你取暖。

2010.8.29

柳亞子，一九一一

一九一一年，溥儀臉上的洪水正在消褪。
幾經變法的舌頭已經無法品味騷動的辛酸，
從冒雨而至的口諭中，你擠出恥辱的
潛臺詞：「帝國淪落，如一匹頹然的駱駝。」
你因血統中過濃的墨汁而被雲朵開除，
雲下的蘇州被糧穀、柴火和信紙填滿。
一個陰影朝你湧來，快速地沒過你的下顎，
它伸出一隻手，要你給死亡換一次面具。

人心動盪，像江心那只沒有繫纜的獨木舟
無人掌舵，撐船的竹竿就要浸沒江中。
太監扶著養心殿的屏風，保護皇帝的睡姿，
你獨坐江堤，穿著舊制度的鐵鞋，笨拙
而無誤地推算著帝國的終亡之日。
你左手握著鬧鐘，右手執杯，品酒像閱讀
一次死亡。但你嘴唇乾燥：「吾身在何處？」
「你身藏江湖，它完整，充滿意義。」

尖叫的雲像揮之不去的集權，不可能
溫柔：「我看見一隻身影，隔著一江薄霧。」

你虛捂著耳廓，假裝什麼也沒聽見，
只顧面對著江水修眉，梳理長辮，
你額頭上長滿青苔，內裏藏著渡江之樂。
一把無影之刀就要砍斷捆綁頭顱的繩索，
剪了髮辮的旗人謀士們不在琉璃廠
賣止痛藥，就在天牢裏含淚撰寫亡國史。

你毀掉日記，帶領社員在紙上構築城堡，
「口含一截潮濕的樹枝，便不會枯萎。」
你左搖右擺，彷彿一隻用力不當的鐘擺，
夜間翻書，如掀動江水，「江疾如猛虎。」
在濁水毀掉你之前，你以閃電為食，
朝三暮四。江河東逝，像一次指法練習：
「水是語言中最漆黑的一門，唯五指
能譯。」你不忍離去，直至江水變得甜蜜。

2010.9.13

閣樓女人詩

門縫之中遞進來一份本地晚報，
頁碼之間是一枚夕照的標本。
她獨自入秋，像在宇宙中拐了個彎
之後獲得與事物核心並行的竅門。
「一枯一榮，是什麼都不為。」
她喜愛將夏日的濃蔭別在胸前，
但它的外殼正在填補蠹蟲的饑餓。
「我的沉默源自無聲的失去。」

樹葉捲曲，包裹住道德的苦笑。
「道德就是保留無用的枯枝，
就是放棄上天代父伐鶴的邪念」。
樹上擠滿了刺客的呼吸，他們
被逼用新製的刀具割祖先的肺片，
像油漆匠在修補一處失誤。
「我要用枯枝點燃心底的藍，
還要在美中盤踞，直至不真實。」

她究竟是愛上那位無劍刺客，還是
愛上他身體的腥味？她有些糊塗。

「我分不清是月亮走，還是雲
在移動。」「無論如何，星辰逢災年
必定欠收。」葉子是不會飛的
雲朵，為防跌落，它亟需綠色的電源。
她將長髮挽起以匹配窗外的稀疏，
動作細小，彷彿在度量道德的耐力。

2010.9.29

過殘秋，為汪機（1463-1539）而作

你接過祖傳的藥箱，延續筆尖的微焰。
剩墨中難以平息的騷動回傳至你的耳廓。
我在帝國的藥典中翻揀出你的足跡：
「行醫之人必備一雙零能耗的彈簧腳。」
傳聞你日夜傾身於草木的肌肉之中檢測
中醫的心率如何之不齊，儘管你也
為黑暗所迫，家鼠咬斷了背帶的狹隘。
我將混在死者之中，趕至休寧縣的扉頁上，
在一個免費參觀的景點接頭，暗號是：
「景色即病，病又等於城門的悶悶。」

計劃經濟的女工退休後集體在湖邊看守
落日；封建時代的口音早已被鄙棄。
群山變形，漁民偽善，如山谷間的小水電站
霸佔著有身孕的浮雲。你奉命調養後宮
發澀的泉眼，關鍵是怎麼濾盡酸雨中的塵土。
她們的病歷終將拼成帝國野史的底稿，
面對道德的墳場，樹葉篩落，如一陣狂笑。
你妄想識破敵人的底牌卻被信仰絆倒：

「藥房是戒除理想的最佳場所之一。」
官帽上的布鈕扣如清規戒律，落地即不見。

藥房寂清，如冬日的樹林。你給藥典
接生新的條目，以配合木屐的喘息。
藥童在火爐旁碾藥，專注如鑄劍中的幹將。
蒙霜的藥籤上停著一隻緘口的白鶴，
「晨鐘飛疾，也無法刺破堅硬之霧。」
你要除盡毒草的野蠻，還有頑固的韻腳。
「子彈般的信要穿過多少層朝代的隔板，
它的措詞才能被消磨得如鑷子般險峻。」
你若能替我取出帝國腦顱中的彈片，通過
彈洞，你便能窺見故國白骨中的積雪。

2010.10.18

獄中的晚餐

某先生，此處並非最宜人的晚餐地點。
「在獄中領獎是我驕傲的頂點。」
監獄的確是暴君臉上無法遮掩的毒瘡，
它習慣用手銬和獄卒平衡傾斜的水勢，
好比湖水用小船來鞏固自己的聲響。
「水在井底時並不是水，而是一種寒意。」
國家免費給你換一套牙，監獄是學習
死亡的教室，教材是那鐵鏈中的法典。

進餐期間平靜，鐵綁住所有的異己之舌，
作為權力的奶瓶，它一邊複印判決書，
一邊犧牲自己的硬。餐畢，你猜你住在雲上
的妻子是如何截獲審判長無端的尖叫的。
年輕的獄卒必須看守一個職位，騰不出眼睛
用於回憶。梧桐年年生長，需要獄卒
剪枝，因為國家的帽子拒絕過深的綠。
牆是一種高度，你怎麼將它換算成刑期。

「很遺憾，那是一篇不再被提及的新聞，
是詞語照不到的地方，它在等待腐爛。」

像一個國家忍受著饑餓，跳過早餐和午餐，
直接跑到晚餐的餐桌前，讓餐盤打掃嘴巴，
像黑打掃夜晚，並祕密儲存光芒的死亡。
食物是癒合時間裂縫的一劑慢性藥，是
被法條燒焦的詞語。你的刀叉離祖國的餐盤
漸離漸遠，似乎此般可以防止互相地塌陷。

2010.11.9

反安魂曲

火苗亂竄如受驚的野兔，它增加了雲朵
翻騰的難度係數；伸入雲端的避雷針
卻能一如既往地穩固，像是泰山的支脈。
不論是誰指使火佔據了你的棲身之所，
制服都會免費徵用更多的浮雲補償你，
還會指派射程高過頭頂的水槍來演習。
高樓時代，火警警報容易模糊成安魂曲？
誰祕密地轉動了死亡之軸，這就是語言
工人無法識破的悲哀。直升機飛來又離去，
而送葬的人群湧來不止，還假裝不走。
他們極有耐力，像一支設伏的大部隊。

從木製棺材到水泥棺材，逃避純屬徒勞。
大火照亮了你們冰冷的額頭，剩餘的光
彈濺在剩餘的臉上，像只發霉的麵包。
火，讓你們抬起命運廢墟而自身陷入深淵，
彷彿它替你們找到了通往冥界的梯子。
天空硬梆梆的，變成一面燒焦的羊皮鼓，
如果鼓點難以矯正，那就給現實加馬賽克，
就像給患上恐高症的長頸鹿蒙上眼睛。

就這麼辦。我要擦掉有血跡的口號，爭做
祖國的美容師，不知你能否分享我的冷漠。

2010.12

張棗紀念碑

詩人，你為何要將漢語之碑鑿成絕壁，
又在陡峭之巔修築漢人的語言宮殿。
「眾叉路之中，只有一條直達真理。」
你遠指一枝臘梅：「那隻楚地小鶴。」

作為漢語最敏銳的舌頭，你志於
協助詞語逃避喇叭的綁架，讓槍分娩
更多的子彈，你擴充詞語的肺活量，
還給它們矯正視力，它們眼中盡是你

臉龐的衰老。那你為何又離開漢語
之舟，身處一個沒有你的國度，
像一個手握兵權的將軍赴塞外折柳，
卻又將船錨攢在手中，像縣級官員

兜中備著財政的救心丸。據稱，
你是死在歸途之中，在獄卒的監守下
選擇了逃獄。「是肺殺死了榮譽？」
「不錯，一切死亡都始於肺葉。」

年尾了，你和卡夫卡合著的春秋之戲
明年還能再演。眾人失去了春天，
你卻定居那裏，甚至拋棄你所愛的詞語，
儘管它們身負看似多餘的鋒利。

2010.12.27

杭州雪天登山研究

在南方，登山的起點必是無名之墓地；
而終點則刻劃在落葉下墜中的背面。
登山就是背著西湖逃亡，就是用腳步表達
你是誰的替身，來參加自然主義的
面試。「逃避是一種反方向的驅逐。」
敬畏是必備的准考證，而階梯是指引

樹葉奔跑的地圖，從甲地到乙處，
石徑只有一條，如同陷阱般的鳥鳴
藏在積雪之中。「雪是害怕孤獨的
動物，常結群而至，吸盡群山之怒，
像螞蟻分食共產主義的大麵包。」
「湖是倒立著的山，這毫無疑問。」

被雪劫持的西湖南面一帶群山以自重
彌補著杭州之肺的深陷，這個迷局
自古未解，像是在等待雪片擦亮子彈
之眼。你躺在虛空之石上，像一根
缺鈣的火柴棒，望見樹枝，天空之疤；
望見群鳥在林間亂樓，又在聲音中

保持隊形。「你克服得越多，失去的
也越多。」登山就像對折浮世之軀，
你想爬得更高，以免在現世中擱淺。
你只有將手臂融化成為樹枝，山脈才能
徹底靜伏，如蟄存之蛇。你孤身來到
試卷的盡頭，只為同自然互訴尷尬。

2011.1.28

國王鄰居的妻子

帝國之夜，為何連女人的皺紋都緊繃如弦。
它派遣瑣事用舌頭舔你的額，直至枯死。
國王重複舊的演講稿，他仍無意釋放手中的
奴隸。你大半夜去城外打探丈夫的消息，
為了避開紫禁城螞蟻般的衛隊。可惜你
不是孟姜女，你連哭都不會，但必須學會
如何窘迫，如何用貧困來配合國王的榮耀。
你無力倒彩，不僅僅因為沒有回音的天空
死寂如剛剛發生了一場空難，還因為他

指使巨大的耳廓保證他的聽力仍遊刃有餘。
你愧對自己，向翅膀長跪，盼其刺破黑之魔咒。
「黑源於旗幟，源於多變的中國魔術師。」
國王像別國之王，不識本國草木之疾苦，
剝奪你閱讀和戲仿的權力。「消息是夜之配方。」
「夜因吸納光之灰燼，如國王之心。」
你無法入睡，你不能做生死枯榮的中立者。
你猜到了結局：毒藥最終代替丈夫來敲門。
「黑夜過長是否意味著白晝必定殘疾。」

2011.3.29

奔波之瘦，詩悼辛酉

像地圖測繪員，你用奔波之步描繪命途
尷尬的界限，生活之結反而更加難以化解。
「漂浮，意味著更換筆芯、鑰匙和面具。」
這一次，一種冷強行干預了你的水泵，
猶如一束烈火融化在水柔軟的身體之中。
這張未完的圖紙再也無法從帽子裏游出。
是的，死神鍾愛你，唯獨點你的姓名。
「從此往後，要少做走動，謹慎出擊，
因為死亡已經悄悄完成了對我們的包抄。」

中年夾帶著共和國的戰亂慢慢向你逼近，
大鬍子騎士，你再也沒有機會將奔波之苦
熬成詞語之糖送給小女兒作升學禮物。
安居甚是可貴，避開戰爭也淪為奢望。
你從水鏡中撈取月影時，是否提前用詩行
擰成不斷絕的繩子。你的死是尖銳的
糾正，彌補了這一代人的鈣攝取量不足。
你還透露給我：死亡要在水底藏匿多久
才能像被激怒的亡魂般衝出笨拙的水面。

2011.4.26

泡沫機器

「你是唯一無法穿透的黑暗。」你吸盡
我頭髮中的黑，你這亞洲的畸形心臟。
共和國像一座歷史實驗室，任導師
塗畫設計稿，房產是他最心儀的膨脹劑。
人民集體化身成捏造繁榮的油漆工人。
「可是人民寡言，像口吃的避雷針。」
你一生盡是無效的奔跑，終在泡沫中窒息
是我們公共的命運，無法避藏的命途。

在貨幣當作遊戲幣的時代，窮人站在
遊戲廳之外看見海浪隔著落地窗湧來，
「靠近魔頭，意味著不可能倖免。」
堤壩被摧毀，人在無盡之海之中浸泡，
他們是海綿，能吸納國王的污穢。
「生活就是犧牲。」海從詛咒中救出自己，
它收回自己的失地快速如泡沫之滅。
黑暗之井也用身軀來記錄破滅的痕跡。

共和國的秩序終將如髮束因重負而斷絕，
一節一節失效。泡沫之城的浮力，

也會將國王虛胖的身體揚起。他口含

一塊肥皂，稀薄的氧氣使他的想像力

再也無法勃起。他只能在空中完成

最後一次懺悔。返回前世的路上盡是死者，

他們也會在苦等而來藍色氧氣中復活。

「現在，我只想化身頑石，任泡沫淹沒。」

2011.6.8

遷都，紀念馬達共和國的濱海時期
（2009-2011）

日落之後，共和國不過是片寂滅的原野。

在不設守軍的都城，生命毫不拘束。

你經年無所作為，挖空心思玩紙上遊戲，頒布

法典，好像詩人那些危險又無用的發明。

你藏起鐮刀之刃，讓雜草淹沒共和國

的旗幟，淹沒一道道地心引力的無效詔書。

國土之上，黑色起伏，像王妃珍愛的綢緞。

在草叢間度過每個夜晚都是明代的夜晚，

草，安靜如植物，流動著的鮮綠色血液

充滿善意，草的微擺也能制止鯨魚的衝動。

你，一個播種詞語的國王，效仿詩人

用筆尖給鯨魚把脈，用音韻配合種子呼吸。

但在風暴中逆行，是你不可選擇的事業。

如果停止，便會招來巨獸。蘆葦也會

在風中戰慄，因為潛伏沼澤的巨獸曾舐過

它們的額頭，圍在一起，抵抗帶來死亡

的密令。你已知道：立秋之後，謠言
就要掀動整座都城。「江山如畫，更如棋子，

你不能撐開戰爭的閥門。」你將雲朵割讓
給那頭貪婪不休的巨獸，也不濟於事。
在沒有衛兵，甚至沒有還擊的子彈的都城，
你只好將詞語當作共和國的唯一扶壁。
一個國家將痛苦綁定在低音提琴最細的弦上，
國王撥動一次，整個國家便會劇痛一次。

「僅僅一位拙劣的演員便能毀壞一個國家。」
在戰爭時期，你無法阻止共和國的陷落。
「我不能站在謝幕後的舞臺上獨奏，溺死
在文明裏。」你用盡天賦也無法換回國土，
故國將到處是無人認領的蘆葦，而新都
也會是一個沒有領海的國家，沒有鯨的呼吸。

「遷都不是換氣，若失敗還能再來一次。」
和因暴雨而遲到的王妃一起，踏過這面水鏡
你便能到達新的內陸首都，但必須繞過
有毒的教堂，要學習在詛咒氾濫的地帶隱形。
你重新建國，從事帝王的事業：目睹鈍器
隨影子生長，目睹毗鄰帝國的虛榮和無序。

2011.9.15

惡果

秋收之後，池塘之中的物什，屬枯荷
最為挺拔，不僅因為它醒目如城中村，

它自知羞恥，但難以充當池塘的支點，
因為荒唐和污物阻礙它重建水的道德。

盛夏之荷因捨身治污而幾近破產，它
無視古老迷信而淪為污水溝的犧牲品，

如今，它的形狀增添了共和國的沮喪。
枯枝參差起伏，像地主珍藏的毛邊本。

積重難返的污池也是枯荷的修身道場，
它因替水下的分母償還本息而漸枯死。

附近的農民昨日身入污泥，挖出塘藕
贈予你，那惡果烏黑，活像一枚手雷。

2011.10.14 贈洛盞

重霧的冬日午後擇近道往返葛大店

重霧，像位荷爾蒙過剩的單身語文教師，
刪減能見度不足的字眼之後，學徒工的週末
僅剩午後的短暫，你獨自前往葛大店
取過期的郵件。擇一條近道，必經機械修配廠
和空的污水池。你步調緩慢，它們誤以為你
不屑與現世之快一辯，實際上你也曾打探
帝國之蹄奔向何方，終因語言不通而作罷。
繞過它們，眼前是一大片光禿禿的銀杏，
它們排列隨意，像等待匪首檢閱的叛軍。

路的寬度，暗示出帝國的處境：過渡時期。
同晚清人所見類似甚至更糟：半死不活的工業
和半活不死的農業是帝國最擅長的技藝。
空氣因解凍而來的溫潤，緩解了本地的肺病。
但你的緩慢，無形中加劇了大地之痛。
秋收後留守荒原的稻草堆，像倒掛的沉鐘
提供了本城僅有的溫柔，比公雞之鳴更遠的
是弓著身子的菜農，她們起早，撿拾昨夜
匆匆劃落的行星，在大地寬鬆的指紋之間。

作為一位相土師，你讀出了她們眼中的
盲目。儘管你懂得的遠比事物本身要少：
拆遷令殺死了農民；一如割韭之後的樓盤
將殺死工人。但這類死因為它的緩慢
而不顯得那麼血腥。「次生災害的殺傷力
總是出人意表。」「又起霧啦。」在農業
拮据的盡頭，你和原路返回時的你們
煽動了一場連農民都難以辨認的陰霾，而它
正適合掩護那些倒下去的事物重新站立。

2011.11.14

盛暑，附詩注

盛暑。花園之空[1]，支撐著日暮[2]中的共和國，
你[3]獨自坐在花園中央，靜候政變般的暴雨[4]。

附注：
[1]空：花園罕有人跡，甚無灰塵。「途徑此處的物什，
大多會飛翔。」空是必要的手段，來容納夏日
蟲鳴的引擎。這座花園並非你想像中那般狹窄，
一如它的毒性被一片花瓣粉飾，不易被覺察。
「花園是空的，因此中毒的主人也必須是空心的，
一如一幕默劇，總要嵌掛著一連串尖叫的口形。」

[2]日暮：光線柔弱，如細腰。它無力撬動你手心的
潮汐，只能流落如水，堆積，直至天黑，才能
將將沒過門檻，解救出一艘誤闖花園的海盜船。
一支印刷品的旱荷落在虛空之枝上，這人造之美
在向上傳遞中意外中斷，日暮解開了這個騙局
之黑。「就是這種黑，完整保存著一支寡言的義軍。」

[3]你：你將自己關在鏡子的反光之中，像是在反駁
一種污蔑。你已然度過了幾十個盛暑，你的膚色

所幸幾無變化，一如你少時的最寬的理想——

「將人民臉上的陰影燒成灰燼。」但危險的事物是：

「共和國的語言正在加速腐爛，花園是其中

最黑暗的詞語。」但你仍是花園之核，堅硬之核。

[4]暴雨：日沉不久，無翅之雲滑翔至花園上空。

雨堆在另一雨滴的背脊上，前倒後繼，它們

以難以制止的速度獨佔了花園的黑暗，稀釋了花園

之毒。這死神的長髮，它將熄滅你掌中的火焰，

請你繼續在暴雨狂雜中待上片刻，無需多時，

它定當放縱你腹中的閃電，你那祕密生長的器官。

2012.10.13 贈 肖 水

秋末回歙縣經合銅黃高速所見

車窗外的美景意外中斷了旅途的無趣，你艱難
直起身體，像是挪掉了腹部臆想的重物。
公路穿過小小平原，像掰開一隻熟透的橘子，
車流，像鯨群般游過也無法衝破它的寧靜之壩。
「十多年來，我所見的大多是幻象，而只有
另一種幻象才近似真實的共和國。」你俯看窗外，
為糯米稻與落葉木的黑骨之間的默契而感動。
田地之格，像農業的補丁，維持著一個國家
空乏之胃。大地空空，田埂裸露，像是在等待

新雪重臨。大巴停下來，彷彿是在糾正你
一個不當的比喻，乘客紛紛下車，而你
走得最遠，企盼能在秋風中洗盡身子。正好，
四野無人，眾樹無聲，是有新王要登基？
你與鄰國的敵意在日光的守護下持續發酵：
「秋風並無四肢，輕易地奪去大地的綠衣裳。」
樹樁也無四肢，卻教會了稻草疲倦的姿勢。
你渴望做大自然的替補，去接受日光的
訓誡，像一艘擱淺的船必須接受淤泥的改造。

妻子向前問你：「江淮平原下埋的是冰塊還是
我未曾謀面的火焰？」「是的，我的友人
被困在冰塊堆之中，遭受阻擊。」雲塊因河道
枯竭而激增，「這河道多白，定是這些鵝卵石
偷食了過多的月光。」美正在加速稀釋，
你多想漂浮至雲端，打開囚禁火焰的雲鎖，
讓它分娩出新鮮的風景和語言。你再次登車，
繼續做慣性的幫手。你不能再作停留，你必須
在新雪降臨前返回一九九九年以前的歙縣。

2012.11.9 贈劉林溪

詩記二〇一二年某冬夜降新雪

十二月的傍晚停止在樹梢，寒冷接管了整個省。
你不是氣象專家，但能分辨降雪前獨有的昏暗。
「所有幸福的日子，都是等待雪的日子。」
你等待著雪落下，彷彿是在等待童年的奇蹟

重現；它至少能校正你的記憶，像位鐘錶匠人。
「雪覆蓋落魄的人群，也覆蓋寺廟和屠宰場。」
雪花，像勸降書一般，帶來新鮮的真理，
雪落如深淵，無聲之洶湧，將共和國的心跳撥亂。

雪像無法回絕的信使，它徹夜敲打沉睡之門。
所以要適時醒來，以免積雪淹沒你發燙的膝蓋，
但可以享受日常在人群之中掉隊、落單。
「每片雪花，都攜帶曾經重傷的靈魂重臨人間。」

麻雀早已銜走麥粒，提前退場，它傲慢地回絕了
你的邀請，留下草籽與你分別，唯有雪接納了你。
雪，緊挨著雪，彷彿其中藏有驚雷和戰馬。
積雪既鬆又軟，像池水般溫柔，吸走噪音和硬幣

急促的呼吸。雪是業已解禁的雲朵，更是雲朵的

灰燼。「被夏洪捲走的物什可以在積雪之下

再次拾回。」雪降臨，就像是被解散的軍隊

重新集結，他們穿過防沙林蒙面而來，腰間繫著

嶄新的鄉愁。你將代為保管的信仰歸還他們，鑄成

護身符和一道閃電。「單純富於野心是不夠的，

還需要上滿子彈的槍膛，讓它開啟暴風雨的密碼。」

「不消多時，太陽即會升起，積雪褪盡，現出王座。」

2013.2.23　贈洛蓋

中國

正午，虛弱的日光均勻地塗抹在
臨河一帶。南淝河寡言，日夜不停地

衰老，彷彿能將你的不潔洗淨。
以致河水遲緩、油膩，如同

一位汽修工的衣袖。此刻，荊棘包圍著
停產的車間，光線讓它的空寂更加醒目。

灰塵和附著在機械表面的鐵鏽共訴著
偽工業的尷尬。多年前，本地的良田

養育貧窮的省會，現今，土地被迫放棄
它的天賦，泥土之下沉睡的穀粒和

先人，都無法獲取來自日光的安慰，
你自覺：愧對腳下的這方土地。

「我也曾品嘗過農業的甜蜜，
我多想，回到另一個中國，陳舊但硬朗。」

寒風中，你一陣顫慄，像一個被沒收掉
武器的士兵面對群敵而孤立無援。

中午，臨河一帶的工廠靜悄悄，無人
在意到：歷史正痛苦地前行。

2013.2.27

詩為前年盛夏泉州之行而作

彷彿只有在外省，你的身體才會輕盈些許。
「我願，用這些被光陰之蟲蛀過的詩句
贖回走形的記憶。」那幾年，你的憤怒之心
因為沾染過多的時事新聞，而迅速滋長。
你希望旅途之中短暫的快樂能夠抵消
共和國局部的疼痛，「旅行就是用新的場景
誘捕漸腐的歷史。」穿越浙江全境、寧德和
福州，路過了許多城鎮，要麼是廢棄未耕的
荒田，最後到達泉州，一座內凹的半島。

街道炎熱，有粗壯的棕櫚，彷彿置身熱帶。
「唯有雷霆之怒，方能吸盡熱的殘餘。」
來自內陸深處的熱浪和本地盛行的憂鬱
並未因通過茂密的榕樹林而絲毫減弱。
即使高聳的樹冠給整個泉州城鑲上綠的邊界，
像個瓦甕，炙熱又潮濕，座於繁花之中。
「花朵的美麗從不會因其短暫而消亡。」
法式磚樓，小巧得像一座離群的歐洲島嶼，
熱侵浸你，從你身體中析出光亮的鹽粒。

本地婦人細瘦，眼睛深陷，注滿焦慮，
趕往樹蔭下的井中取水，樹葉此起彼伏，
像是要掙脫火神的詛咒。作為自然的
學生，刺桐之花早已學會緊密地向上生活，
如朵朵火焰，它們將率先進化成鳳凰。
桉樹纖細，還在脫殼，彷彿能脫去多餘的
意義。它善意地伸長，彷彿要去支撐
欲墜的星空。你最喜愛免費的芒果，有點
澀，有點像位面對突發狀況的播音員。

2013.3.20 贈周晶珍

輯二 木屑和碎石

碎石集

I

我在不斷將詩歌複雜化的同時，我恰恰成為一個新的阻礙。
一個在詩歌和讀者間的障礙。我這樣做的目的只是在選擇，
詩人是個篩檢程式。

II

□□。□□□□，□□□□。□□□□□，□□
□□□□，□□□。□□□。□□□□□□。□□
□□□□□，□□□□□，□□□□□□。

III

一隻蚊子在你身上吸了一肚子的血，飛得太慢了。最後又
死在你手掌的中央。血之於蚊子，猶如女人之於你。

IV

一個感覺不到自己的大個子的中年男子整個上班時間都守
在門口在自己的座椅上看著別人從他身前走過。他的身邊

一摞摞廢紙像梯田一樣堆到比他還高的位置，牆角有些暗。像一個快要落雨的夏日傍晚。

V

下午四點鐘，一束能夠被辨認出的春天的陽光從小區外面投射過來。它把空間分成兩份，一份是強烈又暖和的光；一份是陰幽，它像個處女一般地冷淡。

VI

每天晚上，我用你送我的筆在紙上打磨。這幾乎是場相互消耗的戰爭。在這場戰爭中，時間是唯一的裁判。愛情也類似於這樣的一場戰爭，沒有純粹的勝者。我在這裏等你，我說的是上海，不是歙縣，也不會是大連。

VII

在海邊。後代們在風和日麗的日子將其祖墳遷離海邊。那一帶的土是重鹹的。他們的皮膚緊皺。

VIII

蘇州河斷航。沒有船隻深入監獄的門口，無論共和國的犯人們怎樣的焦急，他們也無法獲得獄友的新的消息。

IX

中午的餐盤只是生活的零配件。它可以被替換成其他型號。
但它不會消失，如同一位同事，為了生活，他必須被釘在
寫字臺旁邊。

X

路燈像一個蓄水量無限的噴霧器。灑下許多細而密的線條。
它們被滿街的風吹得傾斜，吹得找不到合適的落腳地。我
在描寫一個南方的雨景。傍晚雨停的時候，我去了你那裏。
門是鎖的，伸出窗臺的鐵絲上懸掛著幾件單薄淺色的衣服。
它們乾了又濕。門口的泡桐花全部落在階梯上，沒有被踩
過的痕跡。顯然，你不會在那裏了。剩下的日子，我們也
不可能相遇。

2009.06.16 整理

隨喜賦

你登山，為了接近群山的另一種邊緣：山巔的岩石禿得像和尚。
每條石徑都是通往虛無的路，每座寺廟都是理想的墳墓。
「像你這樣的人，永遠奔波在路途中，沒有歸宿，沒有終止。」
廟宇高闊，發光的木魚裏坐著整齊的僧侶，他們眉目清晰可辨。
這是一種最莊重的重複，雖然過鹹的食物傷害到他的骨骼。
不可在山頂上的湖泊中垂釣，當誦讀虛無的身世，不可對視。

2009.6.16

和周晶珍看話劇演出

下河迷倉的冬天夜晚像戴著鋒芒的刺刀，又像枚蘋果
只是爛了一丁點兒。漫長的冬季，你得重複聽安魂曲
以安撫暴躁的小野獸和它吐出的金屬聲音。劇場黑暗，
像一枚爛雞蛋，幾排黑暗的面孔：黑是安全的顏色麼。
「是的，黑是防禦雜訊的不二掩體。」演員在舞臺上
不停吐詞，引導觀眾怎樣理解漂泊和愛和背叛和悔恨。
你這個世俗中的瞎子，與黑暗在這裏遭遇，等待一次
不可能有倖存者的屠殺。「死亡像一收拾垃圾的人。」
你看了這部戲，等於溫習了死亡。表演中，你和朋友
靜止不動，像放棄了越獄的死囚。對於死亡，你和她
沒有分歧。舞臺立柱也未曾移動，像你的無字的墓碑。

2009.11.19

祭曾祖母

藍天之上的，青煙。哪一縷
是由您化作的。讓風告予我。

您小腳，步履輕盈，像雪堆
在泥土，融化。菩薩保佑你。

給你一座山谷。你放下河水，
墳地不遠處，許多股細小的

溪水在路口相匯，奔流不息。
那麼容易。皖南的雨季將至

為何，每至清明。我的鞋底
總是黏滿了來歷不明的泥濘。

2008.4

新風箏

歸途中。你的不信任，加速
蔓延，庇護了一畝黃昏的薄霧。

天幕，像硯臺，拓了濃墨。
一片無法恢復的素描紙。

一塊丟失的橡皮。無疾而終。
斑馬線和公車站牌，與音樂

廣場的距離，來不及變動。
花壇的邊沿，皺巴巴的，像你

去年，夏天的裙裾。
木棉，胭脂粉。公主墳，

潦草的人影，都在低處開放。
廣場寬闊，是你甦醒的地方。

2008.3.20

車站小說

朝九，晚六。車站上，全是黑眼圈的鳥。

沒有大灰狼的城市，擠滿鴿子的地方是可能的，鳥籠和廣場。

瞳孔是圓的，滲出的灰姑娘

是液態的。她手指甲，小且美，像無法命名的物什。

我愛你，請站牌作證，像毛櫸的樹影洶湧，它將持續又一年的蔥蘢。

2008.5.28

The Female Pirates

裁縫店的小學徒。比如今
年輕，憂鬱。搜集無法歸類的

魚鱗。薔薇色的帆布鞋
遺失於洶湧的腥味。你赤腳

大街小巷地跑。被岸上的
魔術師矇蔽了雙眼。這是

小小的災難。逃婚的路上
你愛上綠色的瓦罐、石楠

和蕁麻。「愛，死在途中。」
杯子黯淡，水渾濁。煙火像極光。

2008.6.15

馬達，馬達

你是獄警中的一個。
熄火後。無處

可去。怎樣慰藉剩下的日子。
長途旅行和嘗試定居。

書和麵包夾著，小縣城
的生活。馬達，你疲累了麼。

排氣管冒出氣團
的形狀和女人的頭髮是否

相似。它蓬鬆和烏黑。
時而捲，時而不捲。

2008.6

絕句：白素貞

千年修得的賢妻，良母。

你風塵僕僕，趕往錢塘縣救火的路上。

西湖上飄浮著幾朵半打開的睡蓮，它們不是莫內畫的。

你午後甦醒過來，一副溺水的樣子。

2008.7

絕句：無情槌

木舟飄浮於通往錢塘縣的雲海。
「請莫回頭，許相公，僅僅為了避開，無情槌。」
法海和尚暫居雷峰塔，只剩一根筋。他蠱惑你，回望他的禿頂。

上面很光滑，藏不住你關於白娘子的記憶。

2008.7

絕句：白娘子

午後的暴雨，浸透了雷峰塔。

白娘子，快快隨著水位攀上塔頂去，俯瞰。

整個錢塘都被淚水淹沒了，你兒子立志做水利工程師。

「妖是不會哭的，除非無緣無故。」

2008.7

絕句：贈小偷

更多雙眼皮的小偷，流竄至南海邊緣。
皮膚被曬黑，是後來的故事。「你像修煙囱的工人。」
只是個尋常的比喻。不必置於心頭。

出租屋的蚊帳裏，蚊子的腳踝又細又小。

2008.7

絕句：消暑詩

枳木下，樹影比帽子大，比烈日小。
曾祖母，你依舊住在夕照的後屋麼。快，我背你走進院子，
樹蔭下。看看耐暑的植物人，怎麼解開一個連環套。

「你我都是微不足道的人物，慎用祈使句。」

2008.7

絕句：Summer Palace

草色漸深，我開始想念自己。

泳池中甚至沒有一滴水，它不瞭解你的渴。

深水區與淺水區交界的斜坡上，你抓住了電影中的北京城。

「希望愛情和死亡，不是你的終結。」

2008.7

敘述

你是個戴面具的人。

九一年的盛夏，正值換牙期。

發著低燒，一座木橋在洪水中骨折。

移位的程度，參差不齊。河水像一群野馬。

漫過青石街，門檻，木舟裝著不能傾覆的欲望。

漂浮物，包括圓木和西瓜。像生活由很多面鏡子組成。

一群輪守堤壩的人，患同樣的病，去了下游的地方再也沒回來。

2008.9.25

絕句

皖南，大旱的那幾年。你乳房上的霧，揮之不去。

你寡言，拄著布滿蟲眼的拐杖，走過

赤裸的河。你指著河床發怒，接下來的

那個春天，你在後山，種葵花和蓖麻，在愛和不愛之間猶疑不決。

2007.6.22

枯水期

昨日，你還活著。獨自，上山
割草，拾柴苗準備過冬。山腰處，你碰見了汲水的女啞巴
捎來了新的旱情。
是的，堆完最後一個草垛後，井水更刺骨了。
你對著井圈，梳理著煞白的
雲鬢。井中浮出一條眼角乾涸的鹹魚，它突然說：
「青苔也黃了，這是否是井水變鹹的緣故。」

2007.11.19

被毀壞的

一撮回憶與你隔著，好幾座茫然的夏天。某年，你坐擁一座不足百人的
小村莊和一堵被毀壞的泥牆。你瞇起雙眼，窺見你逃跑必經的小巷
愈發狹隘了。你眸子裏的小河，浮出過一長串的死者。這不消花去
一個悶熱的早晨。藏在檀木大衣櫃裏的採花賊，他再也回不來了。
生死狀上，你們這樣立字為證：「每個人只能死一次。」你再也無法
遇見蘸著螢火蟲的夏天，過度靈敏的捕鼠器和布滿蟲眼的海圖。
是的，許多年過去了。雜草的瘋長從未消停，它就要遮住你索居的證據。

2007.9.21

小情歌

星期天的午後是綠色的。
鳥籠無一例外地住著貓。

雲朵是上帝獨享的冰淇淋。
蔭蔽的街道常年缺乏日照。

河堤寬且高，沒過你的眉骨。
「海水赭紅，江河昏黃。」

不能翻譯的部分是顏色。
「江水渾濁，永不褪色。」

蘇州河上往來的砂船都將駛入你的指尖
陪伴我們在荒唐的理想中服役。

2010.4.1

每個縣

每個縣，立春之後便是雨水，然後是驚蟄。

每個縣，山河齊整，鳥類對教條免疫，疲倦之後歸隱山林。

每個縣，寺院潔淨，僧人通透如若無物。

每個縣，細雨落在量雨器上沒有發出聲響。

每個縣，流浪的人終止逃亡，定居暮光傾灑的河畔。

每個縣，青山傍流水，不問興亡事。

每個縣，但不包括你未曾涉足過的歙縣。

2010.2.28

要讀詩04　PG1046

 要有光
FIAT LUX

沒膝的積雪
──葉丹詩集

作　　者	葉　丹
責任編輯	劉　璞
圖文排版	詹凱倫
封面設計	秦禎翊

出版策劃	要有光
製作發行	秀威資訊科技股份有限公司
	114 台北市內湖區瑞光路76巷65號1樓
	電話：+886-2-2796-3638　傳真：+886-2-2796-1377
	服務信箱：service@showwe.com.tw
	http://www.showwe.com.tw
郵政劃撥	19563868　戶名：秀威資訊科技股份有限公司
展售門市	國家書店【松江門市】
	104 台北市中山區松江路209號1樓
	電話：+886-2-2518-0207　傳真：+886-2-2518-0778
網路訂購	秀威網路書店：http://www.bodbooks.com.tw
	國家網路書店：http://www.govbooks.com.tw
法律顧問	毛國樑　律師
總 經 銷	易可數位行銷股份有限公司
	地址：231新北市新店區寶橋路235巷6弄3號5樓
	電話：+886-2-8911-0825　傳真：+886-2-8911-0801
	e-mail：book-info@ecorebooks.com
	易可部落格：http://ecorebooks.pixnet.net/blog

出版日期	2013年9月　BOD一版
定　　價	270元

Printed in Taiwan

國家圖書館出版品預行編目

沒膝的積雪：葉丹詩集 / 葉丹著. -- 一版. -- 臺北市：
要有光,2013. 09
面； 公分
BOD版
ISBN 978-986-89516-7-9 (平裝)

851.486   102015452

讀者回函卡

感謝您購買本書，為提升服務品質，請填妥以下資料，將讀者回函卡直接寄回或傳真本公司，收到您的寶貴意見後，我們會收藏記錄及檢討，謝謝！
如您需要了解本公司最新出版書目、購書優惠或企劃活動，歡迎您上網查詢或下載相關資料：http:// www.showwe.com.tw

您購買的書名：＿＿＿＿＿＿＿＿＿＿＿＿＿＿＿＿＿＿＿＿＿＿

出生日期：＿＿＿＿＿＿年＿＿＿＿＿＿月＿＿＿＿＿＿日

學歷：□高中 (含) 以下　　□大專　　□研究所 (含) 以上

職業：□製造業　□金融業　□資訊業　□軍警　□傳播業　□自由業
　　　□服務業　□公務員　□教職　　□學生　□家管　　□其它＿＿＿＿

購書地點：□網路書店　□實體書店　□書展　□郵購　□贈閱　□其他

您從何得知本書的消息？

　□網路書店　□實體書店　□網路搜尋　□電子報　□書訊　□雜誌
　□傳播媒體　□親友推薦　□網站推薦　□部落格　□其他＿＿＿＿＿＿

您對本書的評價：(請填代號　1.非常滿意　2.滿意　3.尚可　4.再改進)

　封面設計＿＿＿　版面編排＿＿＿　內容＿＿＿　文／譯筆＿＿＿　價格＿＿＿

讀完書後您覺得：

　□很有收穫　□有收穫　□收穫不多　□沒收穫

對我們的建議：＿＿＿＿＿＿＿＿＿＿＿＿＿＿＿＿＿＿＿＿＿＿

11466
台北市內湖區瑞光路 76 巷 65 號 1 樓
秀威資訊科技股份有限公司　　　收
BOD 數位出版事業部

....

（請沿線對折寄回，謝謝！）

姓　　名：＿＿＿＿＿＿＿＿　年齡：＿＿＿＿　性別：□女　□男

郵遞區號：□□□□□

地　　址：＿＿＿＿＿＿＿＿＿＿＿＿＿＿＿＿＿＿＿＿

聯絡電話：(日) ＿＿＿＿＿＿＿＿＿　(夜) ＿＿＿＿＿＿＿＿＿

E-mail：＿＿＿＿＿＿＿＿＿＿＿＿＿＿＿＿＿＿＿＿